100分間で楽しむ名作小説

蜘蛛の糸

芥川龍之介

角川文庫
24080

目次

蜘蛛《くも》の糸《いと》　五

地獄変《じごくへん》　一三

羅生門《らしょうもん》　八三

鼻　九七

注釈　一一三

蜘蛛《くも》の糸《いと》＊

一

　ある日のことでございます。お釈迦様《しゃかさま》は極楽の蓮池《はすいけ》のふちを、ひとりでぶらぶらお歩きになっていらっしゃいました。池の中に咲いている蓮の花は、みんな玉のようにまっ白で、そのまん中にある金色の蕊《ずい》からは、なんとも言えないよいにおいが、絶間なくあたりへあふれております。極楽はちょうど朝なのでございましょう。

　やがてお釈迦様はその池のふちにおたたずみになって、水の面《おもて》をおおっている蓮の葉の間から、ふと下のようすをご覧になりました。この極楽の蓮池の下は、ちょうど地獄《じごく》の底に当っておりますから、水晶《すいしょう》のような水を透《す》きとおして、三途《さんず》の河や針の山のけしきが、ちょうどのぞきめがねを見るように、はっきりと見えるのでございます。

するとその地獄の底に、犍陀多《かんだた》と言う男が一人、ほかの罪人といっしょにうごめいている姿が、お眼に止まりました。この犍陀多と言う男は、人を殺したり家に火をつけたり、いろいろ悪事を働いた大どろぼうでございますが、それでもたった一つ、よいことをいたした覚えがございます。と申しますのは、ある時この男が深い林の中を通りますと、小さな蜘蛛《くも》が一匹、路ばたをはって行くのが見えました。そこで犍陀多《かんだた》はさっそく足をあげて、踏《ふ》み殺そうといたしましたが、「いや、いや、これも小さいながら、命のあるものに違いない。その命をむやみにとるということは、いくらなんでもかわいそうだ」と、こう急に思い返して、とうとうその蜘蛛《くも》を殺さずに助けてやったからでございます。

お釈迦様は地獄《じごく》のようすをご覧になりながら、この犍陀多には蜘蛛を助けたことがあるのをお思い出しになりました。そうしてそれだけのよいことをした報《むく》いには、できるなら、この男を地獄から救い出してやろうとお考えになりました。幸《さいわい》、そばを見ますと、翡翠《ひすい》のような色をした蓮《はす》の葉の上に、極楽の蜘蛛が一匹、美しい銀色の糸をかけております。お釈迦様はその蜘蛛の糸をそっとお手にお取りになって、玉のような白蓮《しらはす》の間から、はるか下にある地獄の底へ、まっすぐにそれをおおろしなさいました。

二

こちらは地獄の底の血の池で、ほかの罪人といっしょに、浮いたり沈んだりしていた犍陀多でございます。なにしろどちらを見ても、まっ暗で、たまにそのくら暗《やみ》からぼんやり浮き上がっているものがあると思いますと、それは恐しい針の山の針が光るのでございますから、その心細さと言ったらございません。その上あたりは墓の中のようにしんと静まり返って、たまに聞えるものといっては、ただ罪人がつくかすかな嘆息《たんそく》ばかりでございます。これはここへ落ちて来るほどの人間は、もうさまざまな地獄の責苦《せめく》に疲《つか》れはてて、泣声を出す力さえなくなっているのでございましょう。ですからさすが大どろぼうの犍陀多《かんだた》も、やはり血の池の血にむせびながら、まるで死にかかった蛙《かわず》のように、ただもがいてばかりおりました。

ところがある時のことでございます。何気《なにげ》なく犍陀多が頭をあげて、血の池の空をながめますと、そのひっそりとした暗《やみ》の中を、遠い遠い天上から、銀色の蜘蛛《くも》の糸が、まるで人目にかかるのを恐れるように、一すじ細く光りながら、するすると自分の上へたれて参るのではございませんか。犍陀多はこれを見ると、思わず手を拍《う》って喜びました。この糸にすがりついて、どこまでものぼって行けば、きっと地獄からぬけ出せるのに相違《そうい》ございません。いや、うまく行くと、極楽へはいることさえもできましょう。そうすれば、もう針の山へ追い上げられることもなくなれば、血の池に沈められることもあるはずはございません。

こう思いましたから犍陀多は、さっそくその蜘蛛の糸を両手でしっかりとつかみながら、いっしょうけんめいに上へ上へとたぐりのぼり始めました。もとより大どろぼうのことでございますから、こういうことには昔から、慣れ切っているのでございます。

しかし地獄と極楽との間《あいだ》は、何万里となくございますから、いくらあせってみたところで、容易に上へは出られません。ややしばらくのぼるうちに、とうとう犍陀多もくたびれて、もう一たぐりも上の方へはのぼれなくなってしまいました。そこでしかたがございませんから、まず一休み休むつもりで、糸の中途にぶらさがりながら、はるかに目の下を見おろしました。

すると、いっしょうけんめいにのぼった甲斐《かい》があって、さっきまで自分がいた血の池は、今ではもう暗の底にいつの間にかかくれております。それからあのぼんやり光っている恐しい針の山も、足の下になってしまいました。この分でのぼって行けば、地獄《じごく》からぬけ出すのも、存外わけがないかもしれません。犍陀多《かんだた》は両手を蜘蛛《くも》の糸にからみながら、ここへ来てから何年にも出したことのない声で、「しめた。しめた」と笑いました。ところがふと気がつきますと、蜘蛛の糸の下の方には、数限《かずかぎ》りもない罪人たちが、自分ののぼったあとをつけて、まるで蟻《あり》の行列のように、やはり上へ上へ一心によじのぼって来るではございませんか。犍陀多はこれを見ると、驚《おどろ》いたのと恐しいのとで、しばらくはただ、ばかのように大きな口をあいたまま、眼ばかり動かしておりました。自分一人でさえ、断《き》れそうな、この細い蜘蛛の糸が、どうしてあれだけの人数の重みに堪《た》えることができましょう。もし万一途中で断《き》れたといたしましたら、せっかくここへまでのぼって来たこのかんじんな自分までも、もとの地獄へさか落しに落ちてしまわなければなりません。そんなことがあったら、大変でございます。が、そういううちにも、罪人たちは何百となく何千となく、まっ暗な血の池の底から、うようよとはい上がって、細く光っている蜘蛛の糸を、一列になりながら、せっせとのぼって参ります。今のうちにどうかしなければ、糸はまん中から二つに断れて、落ちてしまうのに違いありません。

そこで犍陀多は大きな声を出して、「こら、罪人ども。この蜘蛛の糸は己《おれ》のものだぞ。お前たちはいったい誰に尋《き》いて、のぼって来た。おりろ。おりろ」とわめきました。

そのとたんでございます。今までなんともなかった蜘蛛の糸が、急に犍陀多のぶらさがっている所から、ぷつりと音を立てて断《き》れました。ですから犍陀多もたまりません。あっと言う間もなく風を切って、独楽《こま》のようにくるくるまわりながら、見る見るうちに暗《やみ》の底へ、まっさかさまに落ちてしまいました。

あとにはただ極楽の蜘蛛の糸が、きらきらと細く光りながら、月も星もない空の中途に、短くたれているばかりでございます。

三

お釈迦《しやか》様《さま》は極楽の蓮池《はすいけ》のふちに立って、この一部始終をじっと見ていらっしゃいましたが、やがて犍陀多《かんだた》が血の池の底へ石のように沈んでしまいますと、悲しそうなお顔をなさりながら、またぶらぶらお歩きになり始めました。自分ばかり地獄《じごく》からぬけ出そうとする、犍陀多の無慈悲《むじひ》な心が、そうしてその心相当な罰《ばつ》をうけて、元の地獄へ落ちてしまったのが、お釈迦様のお目から見ると、あさましく思し召《おぼしめ》されたのでございましょう。

しかし極楽の蓮池の蓮は、少しもそんなことにはとんじゃくいたしません。その玉のような白い花は、お釈迦様の御足《おみあし》のまわりに、ゆらゆら萼《うてな》を動かして、そのまん中にある金色の蕊《ずい》からは、なんとも言えないよいにおいが、絶間《たえま》なくあたりへあふれております。極楽ももう午《ひる》に近くなったのでございましょう。

（大正七年四月十六日）

地獄変《じごくへん》＊

一

堀川《ほりかわ》の大殿様《おおとのさま》のような方は、これまではもとより、後の世にはおそらく二人とはいらっしゃいますまい。うわさに聞きますと、あの方のご誕生《たんじょう》になる前には、大威徳明王《だいいとくみょうおう》の御姿《おんすがた》が御母君《おんははぎみ》の夢まくらにお立ちになったとか申すことでございますが、とにかくお生れつきから、なみなみの人間とはお違いになっていたようでございます。でございますから、あの方のなさいましたことには、一つとして私どもの意表に出ていないものはございません。早い話が堀川のお邸《やしき》のご規模を拝見いたしましても、壮大《そうだい》と申しましょうか、豪放《ごうほう》と申しましょうか、とうてい私どもの凡慮《ぼんりょ》には及ばない、思い切ったところがあるようでございます。中にはまた、そこをいろいろとあげつらって大殿様のご性行を始皇帝《しこうてい》や煬帝《ようだい》＊に比べるものもございますが、それはことわざに言う群盲《ぐんもう》の象《ぞう》をなでるようなものでもございましょうか。あの方のお思召《おぼしめし》は、けっしてそのようにご自分ばかり、栄耀栄華《えいようえいが》をなさろうと申すのではございません。それよりはもっと下々《しもじも》のことまでお考えになる、いわば天下とともに楽しむとでも申しそうな、大腹中《だいふくちゅう》のご器量がございました。

それでございますから、二条大宮の百鬼夜行《ひゃっきやぎょう》におあいになっても、格別お障《さわ》りがなかったのでございましょう。また陸奥《みちのく》の塩竈《しおがま》のけしきを写したので名高いあの東三条の河原院《かわらのいん》に、夜な夜な現われるといううわさのあった融《とおる》の左大臣＊の霊《れい》でさえ、大殿様《おおとのさま》のおしかりを受けては、姿を消したのに相違ございますまい。かようなご威光でございますから、そのころ洛中《らくちゅう》の老若男女《ろうにゃくなんにょ》が、大殿様と申しますと、まるで権者《ごんじゃ》の再来のように尊み合いましたも、けっして無理ではございません。いつぞや、内《うち》の梅花の宴《えん》からのお帰りにお車の牛が放れて、おりから通りかかった老人にけがをさせました時でさえ、その老人は手を合せて、大殿様の牛にかけられたことをありがたがったと申すことでございます。

さような次第でございますから、大殿様ご一代の間には、後々《のちのち》までも語り草になりますようなことが、ずいぶんたくさんございました。大饗《おおみあえ》の引出物に白馬《あおうま》*ばかりを三十頭、賜《たまわ》ったこともございますし、長良《ながら》の橋*の橋柱にご寵愛《ちょうあい》の童《わらべ》を立てたこともございますし、それからまた華陀《かだ》の術を伝えた震旦《しんたん》*の僧に、御腿《おんもも》の瘡《もがさ》をお切らせになったこともございますし、――いちいち数え立てておりましては、とても際限がございません。が、その数多いご逸事《いつじ》の中でも、今ではお家の重宝《ちょうほう》になっております地獄変《じごくへん》の屏風《びょうぶ》の由来ほど、恐ろしい話はございますまい。日ごろは物にお騒ぎにならない大殿様でさえ、あの時ばかりは、さすがにお驚《おどろ》きになったようでございました。ましておそばに仕えていた私どもが、魂《たましい》も消えるばかりに思ったのは、申し上げるまでもございません。中でもこの私なぞは、大殿様にも二十年来ご奉公申しておりましたが、それでさえ、あのようなすさまじい見《み》物《もの》に出あったことは、ついぞまたとなかったくらいでございます。しかし、そのお話をいたしますには、あらかじめまず、あの地獄変《じごくへん》の屏《びょう》風《ぶ》を描《か》きました、良秀《よしひで》と申す画師《えし》のことを申し上げておく必要がございましょう。

二

良秀と申しましたら、あるいはただいまでもなお、あの男のことを覚えていらっしゃる方がございましょう。そのころ絵筆をとりましては、良秀の右に出るものは一人もあるまいと申されたくらい、高名《こうみょう》な絵師でございます。あの時のことがございました時には、かれこれもう五十の阪《さか》に、手がとどいておりましたろうか。見たところはただ、背の低い、骨と皮ばかりにやせた、いじの悪そうな老人でございました。それが大殿様《おおとのさま》のお邸《やしき》へ参ります時には、よく丁子染《ちょうじぞめ》の狩衣《かりぎぬ》に揉烏帽子《もみえぼし》をかけておりましたが、人がらはいたって卑《いや》しい方《かた》で、なぜか年よりらしくもなく、脣《くちびる》の目だって赤いのが、その上にまた気味の悪い、いかにも獣《けもの》めいた心もちを起させたものでございます。中にはあれは画筆をなめるので紅《べに》がつくのだと申した人もおりましたが、どういうものでございましょうか。もっともそれより口の悪い誰彼《だれかれ》は、良秀の立居ふるまいが猿《さる》のようだとか申しまして、猿秀《さるひで》と言う諢名《あだな》までつけたことがございました。

いや猿秀と申せば、かようなお話もございます。そのころ大殿様のお邸《やしき》には、十五になる良秀の一人娘《むすめ》が、小女房《こにょうぼう》に上がっておりましたが、これはまた生みの親には似もつかない、あいきょうのある娘でございました。その上早く女親に別れましたせいか、思いやりの深い、年よりもませた、りこうな生れつきで、年の若いのにも似ず、何かとよく気がつくものでございますから、御台様《みだいさま》をはじめほかの女房たちにも、かわいがられていたようでございます。

するとかのおりに、丹波《たんば》の国から人馴《な》れた猿《さる》を一匹、献上《けんじょう》したものがございまして、それにちょうどいたずら盛りの若殿様《わかとのさま》が、良秀《よしひで》と言う名をおつけになりました。ただでさえその猿のようすがおかしいところへ、かような名がついたのでございますから、お邸《やしき》じゅう誰《だれ》一人笑わないものはございません。それも笑うばかりならよろしゅうございますが、おもしろ半分に皆のものが、やれお庭の松に上ったの、やれ曹司《ぞうし》の畳《たたみ》をよごしたのと、そのたびごとに、良秀良秀と呼び立てては、とにかくいじめたがるのでございます。

ところがある日のこと、前に申しました良秀の娘《むすめ》が、お文《ふみ》を結んだ寒紅《かんこう》梅《ばい》の枝を持って、長い廊下《ろうか》を通りかかりますと、遠くの遣戸《やりど》の向うから、例の小猿の良秀が、おおかた足でもくじいたのでございましょう、いつものように柱へ駆《か》け上《のぼ》る元気もなく、びっこを引き引き、いっさんに逃《に》げて参るのでございます。しかもそのあとからは楚《すわえ》をふり上げた若殿様が「柑《こう》子《じ》盗人《ぬすびと》め、待て。待て」とおっしゃりながら、追いかけていらっしゃるのではございませんか。良秀の娘はこれを見ますと、ちょいとの間ためらったようでございますが、ちょうどその時逃げて来た猿が、袴《はかま》の裾《すそ》にすがりながら、哀《あわ》れな声を出して啼《な》き立てました——と、急にかわいそうだと思う心が、おさえ切れなくなったのでございましょう。片手に梅の枝をかざしたまま、片手に紫匂《むらさきにおい》の袿《うちぎ》の袖を軽そうにはらりと開きますと、やさしくその猿を抱《だ》き上げて、若殿様の御前《ごぜん》に小腰《こごし》をかがめながら「恐れながら畜生《ちくしょう》でございます。どうかご勘弁《かんべん》遊ばしまし」と、涼《すず》しい声で申し上げました。

が、若殿様《わかとのさま》のほうは、気負《きお》って駆《か》けておいでになったところでございますから、むずかしいお顔をなすって、二、三度おみ足をお踏《ふ》み鳴らしになりながら、

「なんでかばう。その猿《さる》は柑子《こうじ》盗人《ぬすびと》だぞ」

「畜生《ちくしょう》でございますから、……」

娘《むすめ》はもう一度繰り返しましたが、やがて寂《さび》しそうにほほえみますと、

「それに良秀《よしひで》と申しますと、父がご折檻《せっかん》を受けますようで、どうもただ見てはおられませぬ」と、思い切ったように申すのでございます。これにはさすがの若殿様も、我《が》をお折りになったのでございましょう。

「そうか。父親の命ごいなら、枉《ま》げて赦《ゆる》してとらすとしよう」

不承無承《ふしょうぶしょう》にこうおっしゃると、楚《すわえ》をそこへお捨てになって、もといらした遣戸《やりど》の方へ、そのままお帰りになってしまいました。

三

良秀《よしひで》の娘とこの小猿との仲がよくなったのは、それからのことでございます。娘はお姫様《ひめさま》からちょうだいした黄金《こがね》の鈴《すず》を、美しい真紅《しんく》の紐《ひも》に下げて、それを猿の頭へかけてやりますし、猿はまたどんなことがございましても、めったに娘の身のまわりを離《はな》れません。ある時娘の風邪《かぜ》のここちで、床につきました時なども、小猿はちゃんとそのまくらもとにすわりこんで、気のせいか心細そうな顔をしながら、しきりに爪《つめ》をかんでおりました。

こうなるとまた妙《みょう》なもので、誰《だれ》も今までのようにこの小猿を、いじめるものはございません。いや、かえってだんだんかわいがり始めて、しまいには若殿様《わかとのさま》でさえ、時々柿《かき》や栗《くり》を投げておやりになったばかりか、侍《さむらい》の誰やらがこの猿を足蹴《あしげ》にした時なぞは、たいそうご立腹にもなったそうでございます。その後大殿様がわざわざ良秀《よしひで》の娘《むすめ》に猿を抱《いだ》いて、御前《ごぜん》へ出るようとご沙汰《さた》になったのも、この若殿様のお腹だちになった話を、お聞きになってからだとか申しました。そのついでに自然と娘の猿をかわいがるいわれもお耳にはいったのでございましょう。

「孝行な奴《やつ》じゃ。ほめてとらすぞ」

かような御意《ぎょい》で、娘はその時、紅《くれない》の袙《あこめ》をごほうびにいただきました。ところがこの袙をまた見よう見まねに、猿がうやうやしくおしいただきましたので、大殿様のごきげんは、ひとしおよろしかったそうでございます。でございますから、大殿様が良秀の娘をごひいきになったのは、全くこの猿をかわいがった、孝行恩愛の情をご賞美《しょうび》なすったので、けっして世間でとやかく申しますように、色をお好みになったわけではございません。もっともかようなうわさの立ちました起りも、無理のないところがございますが、それはまた後《のち》になって、ゆっくりお話しいたしましょう。ここではただ大殿様が、いかに美しいにしたところで、絵師風情《ふぜい》の娘などに、想《おも》いをおかけになる方ではないということを、申し上げておけば、よろしゅうございます。

さて良秀の娘は、面目を施《ほどこ》して御前《ごぜん》を下がりましたが、もとよりりこうな女でございますから、はしたないほかの女房たちのねたみを受けるようなこともございません。かえってそれ以来、猿《さる》といっしょに何かといとしがられまして、取り分けお姫様のおそばからはお離《はな》れ申したことがないと言ってもよろしいくらい、物見車《ものみぐるま》のお供にもついぞ欠けたことはございませんでした。

が、娘《むすめ》のことはひとまずおきまして、これからまた親の良秀《よしひで》のことを申し上げましょう。なるほど猿のほうは、かようにまもなく、皆のものにかわいがられるようになりましたが、かんじんの良秀はやはり誰《だれ》にでもきらわれて、相変《あいかわ》らず陰《かげ》へまわっては、猿秀呼《よば》わりをされておりました。しかもそれがまた、お邸《やしき》の中ばかりではございません。現に横川《よかわ》*の僧都様《そうずさま》も、良秀と申しますと、魔障《ましょう》にでもおあいになったように、顔の色を変えて、お憎《にく》み遊ばしました。（もっともこれは良秀が僧都様の御行状を戯画《ざれえ》に描《か》いたからだなどと申しますが、なにぶん下《しも》ざまのうわさでございますから、確かにさようとは申されますまい）とにかく、あの男の不評判は、どちらの方《かた》に伺《うかが》いましても、そういう調子ばかりでございます。もし悪く言わないものがあったといたしますと、それは二、三人の絵師仲間か、あるいはまた、あの男の絵を知っているだけで、あの男の人間は知らないものばかりでございましょう。

しかし実際良秀には、見たところが卑《いや》しかったばかりでなく、もっと人にいやがられる悪い癖《くせ》があったのでございますから、それも全く自業自得《じごうじとく》とでもなすよりほかに、いたしかたはございません。

四

その癖《くせ》と申しますのは、吝嗇《りんしょく》で、慳貪《けんどん》で、恥《はじ》知らずで、怠《なま》けもので、強《ごう》欲《よく》で――いや、その中でも取分けはなはだしいのは、おうへいで、高慢《こうまん》で、いつも本朝第一の画師《えし》と申すことを、鼻の先へぶらさげていることでございましょう。それも画道の上ばかりならまだしもでございますが、あの男の負け惜しみになりますと、世間の習慣《ならわし》とか慣例《しきたり》とか申すようなものまで、すべてばかにいたさずにはおかないのでございます。これは永年良秀《よしひで》の弟子《でし》になっていた男の話でございますが、ある日さる方《かた》のお邸《やしき》で名高い檜垣《ひがき》の巫女《みこ》に御霊《ごりょう》が憑《つ》いて、恐ろしいご託宣《たくせん》があった時も、あの男はそら耳を走らせながら、有り合せた筆と墨《すみ》とで、その巫女のものすごい顔を、ていねいに写しておったとか申しました。おおかた御霊のおたたりも、あの男の眼から見ましたなら、子供だましくらいにしか思われないのでございましょう。

さような男でございますから、吉祥天《きっしょうてん》を描《か》く時は、卑《いや》しい傀儡《くぐつ》の顔を写しましたり、不動明王を描く時は、無頼《ぶらい》の放免《ほうめん》の姿を像《かたど》りましたり、いろいろのもったいないまねをいたしましたが、それでも当人をなじりますと「良秀の描いた神仏が、その良秀に冥罰《みょうばつ》を当てられるとは、異《い》なことを聞くものじゃ」とそらうそぶいているではございませんか。これにはさすがの弟子《でし》たちもあきれ返って、中には未来の恐ろしさに、匆々《そうそう》暇《ひま》をとったものも、少くなかったように見うけました。――まず一口に申しましたなら、慢業重畳《まんごうちょうじょう》とでも名づけましょうか。とにかく当時天《あめ》が下で、自分ほどの偉《えら》い人間はないと思っていた男でございます。

したがって良秀がどのくらい画道でも、高く止《とま》っておりましたかは、申し上げるまでもございますまい。もっともその絵でさえ、あの男のは筆使いでも彩色《さいしき》でも、まるでほかの絵師とは違っておりましたから、仲の悪い絵師仲間では、山師だなどと申す評判も、だいぶあったようでございます。その連中の申しますには、川成《かわなり》＊とか金岡《かなおか》＊とか、そのほか昔の名匠《めいしょう》の筆になった物と申しますと、やれ板戸の梅の花が、月の夜ごとににおったの、やれ屏風《びょうぶ》の大宮人《おおみやびと》が、笛を吹く音《ね》さえ聞えたのと、優美なうわさが立っているものでございますが、良秀《よしひで》の絵になりますと、いつでも必ず気味の悪い、妙な評判だけしか伝わりません。たとえばあの男が竜蓋寺《りゅうがいじ》の門へ描《か》きました、五趣生死《ごしゅしょうじ》の絵にいたしましても、夜《よ》ふけて門の下を通りますと、天人のため息をつく音やすすり泣きをする声が、聞えたと申すことでございます。いや、中には死人の腐《くさ》ってゆく臭気《しゅうき》を、かいだと申すものさえございました。それから大殿様《おおとのさま》のお言いつけで描いた、女房たちの似絵《にせえ》なども、その絵に写されただけの人間は、三年とたたないうちに、皆魂《たましい》の抜けたような病気になって、死んだと申すではございませんか。悪く言うものに申させますと、それが良秀の絵の邪道《じゃどう》に落ちている、何よりの証拠《しょうこ》だそうでございます。

が、なにぶん前にも申し上げました通り、横紙破《よこがみやぶ》りな男でございますから、それがかえって良秀は大自慢《じまん》で、いつぞや大殿様がご冗談《じょうだん》に、「そのほうはとかく醜《みにく》いものが好きとみえる」とおっしゃった時も、あの年に似《に》ず赤い脣《くちびる》でにやりと気味悪く笑いながら、「さようでござりまする。かいなでの絵師には総じて醜いものの美しさなどと申すことは、わかろうはずがございませぬ」と、おうへいにお答え申し上げました。いかに本朝第一の絵師にもいたせ、よくも大殿様の御前《ごぜん》へ出て、そのような高言《こうげん》が吐《は》けたものでございます。先刻引合いに出しました弟子《でし》が、内々師匠《ししょう》に「智羅永《ちらえい》寿《じゅ》」と言う渾名《あだな》をつけて、増長慢《ぞうちょうまん》をそしっておりましたが、それも無理はございません。ご承知でもございましょうが、「智羅永寿」と申しますのは、昔震旦《しんたん》から渡って参りました天狗《てんぐ》の名でございます。

しかしこの良秀《よしひで》にさえ――このなんとも言いようのない、横道者《おうどうもの》の良秀にさえ、たった一つ人間らしい、情愛のあるところがございました。

五

と申しますのは、良秀が、あの一人娘《むすめ》の小女房《こにょうぼう》をまるで気違いのようにかわいがっていたことでございます。先刻申し上げました通り、娘もいたって気のやさしい、親思いの女でございましたが、あの男の子煩悩《こぼんのう》は、けっしてそれにも劣《おと》りますまい。なにしろ娘の着る物とか、髪飾《かみかざり》とかのことと申しますと、どこのお寺の勧進《かんじん》にも喜捨《きしゃ》をしたことのないあの男が、金銭にはさらに惜《お》しげもなく、整えてやるというのでございますから、うそのような気がいたすではございませんか。

が、良秀の娘をかわいがるのは、ただかわいがるだけで、やがてよい聟《むこ》をとろうなどと申すことは、夢《ゆめ》にも考えておりません。それどころか、あの娘へ悪く言い寄るものでもございましたら、かえって辻冠者《つじかんじゃ》ばらでもかり集めて、暗打《やみうち》くらいはくわせかねない量見《りょうけん》でございます。でございますから、あの娘が大殿様《おおとのさま》のお声がかりで小女房に上がりました時も、老爺《おやじ》のほうは大不服で、当座の間は御前《ごぜん》へ出ても、苦《にが》り切ってばかりおりました。大殿様が娘の美しいのにお心をひかされて、親の不承知なのもかまわずに、召し上げたなどと申すうわさは、おおかたかようなようすを見たものの当《あて》推量《ずいりょう》から出たのでございましょう。

もっともそのうわさはうそでございまして、子煩悩《こぼんのう》の一心から、良秀《よしひで》が始終娘《むすめ》の下《さ》がるように祈《いの》っておりましたのは確かでございます。ある時大《おお》殿様《とのさま》のお言いつけで、稚児《ちご》文珠《もんじゅ》を描《か》きました時も、ご寵愛《ちょうあい》の童《わらべ》の顔を写しまして、みごとなできでございましたから、大殿様も至極ご満足で、「ほうびにも望みの物を取らせるぞ。遠慮《えんりょ》なく望め」というありがたいおことばが下りました。すると良秀はかしこまって、何を申すかと思いますと、「なにとぞ私の娘をばお下げくださいますように」と臆面《おくめん》もなく申し上げました。ほかのお邸《やしき》ならばともかくも、堀川の大殿様のおそばに仕えているのを、いかにかわいいからと申しまして、かようにぶしつけにお暇《いとま》を願いますものが、どこの国におりましょう。これには大腹中《だいふくちゅう》の大殿様もいささかごきげんを損じたとみえまして、しばらくはただ黙《だま》って良秀の顔をながめておいでになりましたが、やがて、

「それはならぬ」と吐《は》き出すようにおっしゃると、急にそのままお立ちになってしまいました。かようなことが、前後四、五へんもございましたろうか。今になって考えてみますと、大殿様の良秀をご覧になる眼は、そのつどにだんだん冷《ひや》やかになっていらしったようでございます。するとまた、それにつけても、娘のほうは父親の身が案じられるせいででもございますか、曹司《ぞうし》へ下がっている時などは、よく袿《うちぎ》の袖《そで》をかんで、しくしく泣いておりました。そこで大殿様が良秀の娘に懸想《けそう》なすったなどと申すうわさが、いよいよひろがるようになったのでございましょう。中には地獄変《じごくへん》の屛風《びょうぶ》の由来も、実は娘が大殿様の御意《ぎょい》に従わなかったからだなどと申すものもおりますが、もとよりさようなことがあるはずはございません。

私どもの眼から見ますと、大殿様《おおとのさま》が良秀《よしひで》の娘《むすめ》をお下《さ》げにならなかったの

は、全く娘の身の上を哀《あわ》れに思《おぼ》し召《め》したからで、あのようにかたくなな親のそばへやるよりはお邸《やしき》に置いて、何不自由なく暮らさせてやろうというありがたいお考えだったようでございます。それはもとより気だての優しいあの娘を、ごひいきになったのはまちがいございません。が、色をお好みになったと申しますのは、おそらく牽強附会《けんきょうふかい》の説でございましょう。いや、跡方《あとかた》もないうそと申したほうが、よろしいくらいでございます。

それはともかくもといたしまして、かように娘のことから良秀のお覚えがだいぶ悪くなってきた時でございます。どう思し召したか、大殿様は突然良秀をお召しになって、地獄変《じごくへん》の屛風《びょうぶ》を描《か》くようにと、お言いつけなさいました。

六

地獄変の屛風と申しますと、私はもうあの恐ろしい画面の景色が、ありありと眼の前へ浮んでくるような気がいたします。

同じ地獄変と申しましても、良秀の描きましたのは、ほかの絵師のに比べますと、第一図取《ずど》りから似《に》ておりません。それは一帖《いちじょう》の屏風の片すみへ、小さく十王をはじめ眷属《けんぞく》たちの姿を描いて、あとは一面にものすごい猛火《もうか》が剣山刀樹《けんざんとうじゅ》もただれるかと思うほど渦《うず》を巻いておりました。でございますから、唐《から》めいた冥官《みょうかん》たちの衣裳《いしょう》が、点々と黄や藍《あい》をつづっておりますほかは、どこを見ても烈々《れつれつ》とした火焔《かえん》の色で、その中をまるで卍《まんじ》のように、墨《すみ》を飛ばした黒煙と金粉をあおった火の粉とが、舞い狂《くる》っているのでございます。

こればかりでも、ずいぶん人の目を驚《おどろ》かす筆勢でございますが、その上にまた、業火《ごうか》に焼かれて、転々と苦しんでおります罪人も、ほとんど一人として通例の地獄《じごく》絵にあるものはございません。なぜかと申しますと、良《よし》秀《ひで》はこの多くの罪人の中に、上《かみ》は月卿雲客《げっけいうんかく》から下《しも》は乞食非人《こじきひにん》まで、あらゆる身分の人間を写してきたからでございます。束帯《そくたい》のいかめしい殿上人《てんじょうびと》、五つ衣《ぎぬ》のなまめかしい青女房《あおにょうぼう》、珠数《じゅず》をかけた念仏僧、高足駄《たかあしだ》をはいた侍《さむらい》学生《がくしょう》、細長を着た女《め》の童《わらわ》、幣《みてぐら》をかざした陰陽師《おんみょうじ》——いちいち数え立てておりましたら、とても際限はございますまい。とにかくそういういろいろの人間が、火と煙とがさかまく中を、牛頭馬頭《ごずめず》の獄卒《ごくそつ》にさいなまれて、大風に吹き散らされる落葉のように、紛々《ふんぷん》と四方八方へ逃《に》げ迷っているのでございます。鋼叉《さすまた》に髪《かみ》をからまれて、蜘蛛《くも》よりも手足を縮《ちぢ》めている女は、神《かん》巫《なぎ》のたぐいででもございましょうか。手矛《てほこ》に胸を刺し通されて、蝙蝠《かわほり》のようにさかさまになった男は、生受領《なまずりょう》*か何かに相違《そうい》ございますまい。そのほかあるいは鉄《くろがね》の笞《しもと》に打たれるもの、あるいは千曳《ちびき》の盤石《ばんじゃく》に押されるもの、あるいは怪鳥《けちょう》の嘴《くちばし》にかけられるもの、あるいはまた毒竜の顎《あぎと》にかまれるもの、——呵責《かしゃく》もまた罪人の数に応じて、幾通りあるかわかりません。が、その中でもことに一つ目だってすさまじく見えるのは、まるで獣《けもの》の牙《きば》のような刀樹の頂きを半ばかすめて（その刀樹のこずえにも、多くの亡者が纍々《るいるい》と、五体を貫かれておりましたが）中空《なかぞら》から落ちて来る一輛《りょう》の牛《ぎっ》車《しゃ》でございましょう。地獄の風に吹き上げられた、その車の簾《すだれ》の中には、女御《にょうご》、更衣《こうい》にもまごうばかり、綺羅《きら》びやかに装《よそお》った女房《にょうぼう》が、丈《たけ》の黒髪を炎《ほのお》の中になびかせて、白い頸《うなじ》をそらせながら、もだえ苦しんでおりますが、その女房の姿と申し、また燃えしきっている牛車《ぎっしゃ》と申し、何一つとして炎《えん》熱地獄《ねつじごく》の責苦をしのばせないものはございません。いわば広い画面の恐ろしさが、この一人の人物にあつまっているとでも申しましょうか。これを見るものの耳の底には、自然とものすごい叫喚《きょうかん》の声が伝わって来るかと疑うほど、入神《にゅうしん》のできばえでございました。

ああ、これでございます、これを描《か》くために、あの恐ろしいできごとが起ったのでございます。またさもなければいかに良秀《よしひで》でも、どうしてかように生々《いきいき》と奈落《ならく》の苦艱《くげん》が画《えが》かれましょう。あの男はこの屏風《びょうぶ》の絵を仕上げた代りに、命さえも捨てるような、無惨《むざん》な目に出あいました。いわばこの絵の地獄は、本朝第一の絵師良秀が、自分でいつかおちて行く地獄だったのでございます。……

私はあの珍《めずら》しい地獄変の屏風のことを申し上げますのを急いだあまりに、あるいはお話の順序を顛倒《てんとう》いたしたかもしれません。が、これからまた引き続いて、大殿様《おおとのさま》から地獄絵を描けと申す仰《おお》せを受けた良秀のことに移りましょう。

七

良秀はそれから五、六か月の間、まるでお邸《やしき》へも伺《うかが》わないで、屏風の絵にばかりかかっておりました。あれほどの子煩悩《こぼんのう》がいざ絵を描くという段になりますと、娘《むすめ》の顔を見る気もなくなると申すのでございますから、不思議なものではございませんか。先刻申し上げました弟子《でし》の話では、なんでもあの男は仕事にとりかかりますと、まるで狐《きつね》でも憑《つ》いたようになるらしゅうございます。いや実際当時の風評に、良秀が画道で名を成したのは、福徳の大神《おおがみ》に祈誓《きせい》をかけたからで、その証拠《しょうこ》にはあの男が絵を描《か》いているところを、そっと物陰《ものかげ》からのぞいて見ると、必ず陰々《いんいん》として霊狐《れいこ》の姿が、一匹《いっぴき》ならず前後左右に、群《むらが》っているのが見えるなどと申す者もございました。そのくらいでございますから、いざ画筆を取るとなると、その絵を描き上げるというよりほかは、何もかも忘れてしまうのでございましょう。昼も夜も一間に閉じこもったきりで、めったに日の目も見たことはございません。——ことに地獄変《じごくへん》の屏風《びょうぶ》を描いた時には、こういう夢中になり方が、はなはだしかったようでございます。

と申しますのは何もあの男が、昼も蔀《しとみ》をおろした部屋の中で、結灯台《ゆいとうだい》の火の下に、秘密の絵の具を合せたり、あるいは弟子たちを、水干《すいかん》やら狩衣《かりぎぬ》やら、さまざまに着飾らせて、その姿を一人ずつていねいに写したり、——そういうことではございません。そのくらいの変ったことなら、別にあの地獄変の屏風を描かなくとも、仕事にかかっている時とさえ申しますと、いつでもやりかねない男なのでございます。いや、現に竜蓋寺《りゅうがいじ》の五趣生死《ごしゅしょうじ》の図を描きました時などは、あたりまえの人間なら、わざと眼をそらせて行くあの往来の死骸《しがい》の前へ、悠々《ゆうゆう》と腰をおろして、半ば腐《くさ》れかかった顔や手足を、髪の毛一すじもたがえずに、写して参ったことがございました。では、そのはなはだしい夢中になり方とは、いったいどういうことを申すのか、さすがにおわかりにならない方もいらっしゃいましょう。それにはただいま詳《くわ》しいことは申し上げている暇《ひま》もございませんが、主《おも》な話をお耳に入れますと、だいたいまず、かような次第なのでございます。

良秀《よしひで》の弟子《でし》の一人が（これもやはり、前に申した男でございますが）ある日絵の具を溶《と》いておりますと、急に師匠《ししょう》が参りまして、

「己《おれ》は少し午睡《ひるね》をしようと思う。が、どうもこのごろは夢見が悪い」とこう申すのでございます。別にこれは珍《めずら》しいことでもなんでもございませんから、弟子は手を休めずに、ただ、「さようでございますか」と一通りのあいさつをいたしました。ところが良秀はいつになく寂《さび》しそうな顔をして、

「ついては、己が午睡をしている間じゅう、まくらもとにすわっていてもらいたいのだが」と、遠慮《えんりょ》がましく頼むではございませんか。弟子はいつ

になく、師匠が夢なぞを気にするのは、不思議だと思いましたが、それも別に造作《ぞうさ》のないことでございますから、

「よろしゅうございます」と申しますと、師匠はまだ心配そうに、

「ではすぐに奥へ来てくれ。もっともあとでほかの弟子が来ても、己の睡《ねむ》っている所へは入れないように」と、ためらいながら言いつけました。奥と申しますのは、あの男が画を描《か》きます部屋で、その日も夜のように戸を立て切った中に、ぼんやりと灯《ひ》をともしながら、まだ焼筆《やきふで》で図取りだけしかできていない屏風《びょうぶ》が、ぐるりと立てまわしてあったそうでございます。さてここへ参りますと、良秀は肘《ひじ》をまくらにして、まるで疲《つか》れ切った人間のように、すやすや、睡入《ねい》ってしまいましたが、ものの半時《はんとき》とたちませんうちに、まくらもとにおります弟子の耳には、なんともかとも申しようのない、気味の悪い声がはいり始めました。

八

それが始めはただ、声でございましたが、しばらくしますと、しだいに切れ切れなことばになって、言わばおぼれかかった人間が水の中でうなるように、かようなことを申すのでございます。

「なに、己《おれ》に来いと言うのだな。――どこへ――どこへ来いと？　奈落《ならく》へ来い。炎熱地獄《えんねつじごく》へ来い。――誰《だれ》だ。そう言う貴様は。――貴様は誰だ。――誰だと思ったら」

弟子《でし》は思わず絵の具を溶《と》く手をやめて、恐る恐る師匠《ししょう》の顔を、のぞくようにして透《すか》して見ますと、皺《しわ》だらけな顔が白くなった上に、大粒《おおつぶ》な汗《あせ》をにじませながら、脣《くちびる》のかわいた、歯のまばらな口をあえぐように大きくあけております。そうしてその口の中で、何か糸でもつけて引張っているかと疑うほど、目まぐるしく動くものがあると思いますと、それがあの男の舌だったと申すではございませんか。切れ切れなことばはもとより、その舌から出て来るのでございます。

「誰だと思ったら――うん、貴様だな。己も貴様だろうと思っていた。なに、迎《むか》えに来たと？　だから来い。奈落へ来い。奈落には――己の娘《むすめ》が待っている」

その時、弟子の眼には、朦朧《もうろう》とした異形《いぎよう》の影が、屏風《びようぶ》の面《おもて》をかすめてむらむらとおりて来るように見えたほど、気味の悪い心もちがいたしたそうでございます。もちろん弟子はすぐに良秀《よしひで》に手をかけて、力のあらん限り揺《ゆ》り起しましたが、師匠《ししよう》はなお夢現《ゆめうつつ》にひとりごとを言いつづけて、容易に眼のさめる気色《けしき》はございません。そこで弟子《でし》は思い切って、かたわらにあった筆洗《ひつせん》の水を、ざぶりとあの男の顔へ浴びせかけました。

「待っているから、この車へ乗って来い――この車へ乗って、奈落《ならく》へ来い――」と言うことばがそれと同時に、喉《のど》をしめられるようなうめき声に変ったと思いますと、やっと良秀は眼をあいて、針で刺されたよりもあわただしく、やにわにそこへはね起きましたが、まだ夢の中の異類異形《いぎよう》が、眶《まぶた》の後ろを去らないのでございましょう。しばらくはただ恐ろしそうな眼つきをして、やはり大きく口を開きながら、空《くう》を見つめておりましたが、やがて我に返ったようすで、

「もういいから、あっちへ行ってくれ」と、今度はいかにもそっけなく、言いつけるのでございます。弟子はこういう時に逆《さから》うと、いつでも大小言《おおこごと》を言われるので、匆々《そうそう》師匠の部屋から出て参りましたが、まだ明るい外の日の光を見た時には、まるで自分が悪夢からさめたような、ほっとした気がいたしたとか申しておりました。

しかしこれなぞはまだよいほうなので、その後一月ばかりたってから、今度はまた別の弟子が、わざわざ奥へ呼ばれますと、良秀はやはりうす暗い油火《あぶらび》の光の中で、絵筆をかんでおりましたが、いきなり弟子の方へ向き直って、

「ご苦労だが、また裸《はだか》になってもらおうか」と申すのでございます。これ

はその時までにも、どうかすると師匠が言いつけたことでございますから、弟子はさっそく衣類をぬぎすてて、赤裸《あかはだか》になりますと、あの男は妙に顔をしかめながら、

「わしは鎖《くさり》で縛《しば》られた人間が見たいと思うのだが、きのどくでもしばらくの間、わしのする通りになっていてはくれまいか」と、その癖《くせ》少しもきのどくらしいようすなどは見せずに、冷然とこう申しました。元来この弟子《でし》は画筆などを握《にぎ》るよりも、太刀《たち》でも持ったほうがよさそうな、たくましい若者でございましたが、これにはさすがに驚《おどろ》いたとみえて、あとあとまでもその時の話をいたしますと、「これは師匠《ししょう》が気が違って、私を殺すのではないかと思いました」と繰《く》り返して申したそうでございます。が、良秀《よしひで》のほうでは相手のぐずぐずしているのが、じれったくなって参ったのでございましょう。どこから出したか、細い鉄の鎖をざらざらとたぐりながら、ほとんど飛びつくような勢いで、弟子の背中へ乗りかかりますと、いやおうなしにそのまま両腕をねじあげて、ぐるぐる巻きにいたしてしまいまし

た。そうしてまたその鎖の端を邪慳《じゃけん》にぐいと引きましたからたまりません。弟子の体ははずみを食って、勢いよく床《ゆか》を鳴らしながら、ごろりとそこへ横倒しに倒れてしまったのでございます。

九

その時の弟子のかっこうは、まるで酒甕《さかがめ》をころがしたようだとでも申しましょうか。なにしろ手も足もむごたらしく折り曲げられておりますから、動くのはただ首ばかりでございます。そこへ肥った体中の血が、鎖に循環《めぐり》を止められたので、顔と言わず胴《どう》と言わず、一面に皮膚《ひふ》の色が赤み走って参るではございませんか。が、良秀にはそれも格別気にならないとみえまして、その酒甕《さかがめ》のような体のまわりを、あちこちとまわってながめながら、同じような写真の図を何枚となく描《か》いておりました。その間、縛《しば》られている弟子《でし》の身が、どのくらい苦しかったかということは、何もわざわざ取り立て申し上げるまでもございますまい。が、もし何事も起らなかったといたしましたら、この苦しみはおそらくまだその上にも、つづけられたことでございましょう。幸《さいわい》(と申しますより、あるいは不幸にと申したほうがよろしいかもしれません)しばらくいたしますと、部屋のすみにある壺《つぼ》の陰《かげ》から、まるで黒い油のようなものが、一すじ細くうねりながら、流れ出して参りました。それが始めのうちはよほど粘《ねば》りけのあるもののように、ゆっくり動いておりましたが、だんだんなめらかにすべり始めて、やがてちらちら光りながら、鼻の先まで流れ着いたのをながめますと、弟子は思わず、息を引いて、

「蛇《へび》が──蛇が」とわめきました。その時は全く体中の血が一時に凍《こお》るかと思ったと申しますが、それも無理はございません。蛇は実際もう少しで、鎖《くさり》の食いこんでいる、頸《うなじ》の肉へその冷《つめた》い舌の先を触《ふ》れようとしていたのでございます。この思いもよらないできごとには、いくら横道《おうどう》な良秀《よしひで》でも、ぎょっといたしたのでございましょう。あわてて画筆を投げすてながら、

とっさに身をかがめたと思うと、すばやく蛇の尾をつかまえて、ぶらりとさかさまにつり下げました。蛇はつり下げられながらも、頭を上げて、きりきりと自分の体へ巻きつきましたが、どうしてもあの男の手の所まではとどきません。

「おのれ故に、あったら一筆《ひとふで》を仕損じたぞ」

良秀はいまいましそうにこうつぶやくと、蛇はそのまま部屋のすみの壺の中へほうりこんで、それからさも不承無承《ふしょうぶしょう》に、弟子《でし》の体へかかっている鎖を解いてくれました。それもただ解いてくれたというだけで、かんじんの弟子のほうへは、優しいことば一つかけてはやりません。おおかた弟子が蛇《へび》にかまれるよりも、写真の一筆《ひとふで》を誤ったのが、業腹《ごうはら》だったのでございましょう。――あとで聞きますと、この蛇もやはり姿を写すために、わざわざあの男が飼《か》っていたのだそうでございます。

これだけのことをお聞きになったのでも、良秀《よしひで》の気違いじみた、薄気味の悪い夢中《むちゅう》になり方が、ほぼ、おわかりになったことでございましょう。

ところが最後にもう一つ、今度はまだ十三、四の弟子が、やはり地獄変《じごくへん》の屏風《びょうぶ》のおかげで、いわば命にもかかわりかねない、恐ろしい目に出あいました。その弟子は生れつき色の白い女のような男でございましたが、ある夜のこと、何気なく師匠《ししょう》の部屋へ呼ばれて参りますと、良秀は灯台《とうだい》の火の下で掌《てのひら》に何やらなまぐさい肉をのせながら、見慣れない一羽の鳥を養っているのでございます。大きさはまず、世の常の猫《ねこ》ほどでもございましょうか。そう言えば、耳のように両方へつき出た羽毛といい、琥珀《こはく》のような色をした、大きなまるい眼といい、見たところもなんとなく猫に似《に》ておりました。

一〇

元来良秀と言う男は、なんでも自分のしていることに嘴《くちばし》を入れられるのが大きらいで、先刻申し上げた蛇などもそうでございますが、自分の部屋の中に何があるか、いっさいそういうことは弟子たちにも知らせたことがございません。でございますから、ある時は机の上に髑髏《されこうべ》がのっていたり、ある時はまた、銀《しろがね》の椀《まり》や蒔絵《まきえ》の高坏《たかつき》が並んでいたり、その時描《か》いている画次第で、ずいぶん思いもよらない物が出ておりました。が、ふだんはかような品を、いったいどこにしまって置くのか、それはまた誰《だれ》にもわからなかったそうでございます。あの男が福徳の大神《おおがみ》の冥助《みょうじょ》を受けているなどと申すうわさも、一つは確かにそういうことが起りになっていたのでございましょう。

そこで弟子《でし》は、机の上のその異様な鳥も、やはり地獄変《じごくへん》の屏風《びょうぶ》を描くのに入用なのに違いないと、こうひとり考えながら、師匠《ししょう》の前へかしこまって、「何かご用でございますか」と、うやうやしく申しますと、良秀《よしひで》はまるでそれが聞えないように、あの赤い脣《くちびる》へ舌なめずりをして、「どうだ、よく馴《な》れているではないか」と、鳥の方へ頤《あご》をやります。

「これはなんと言うものでございましょう。私はついぞまだ、見たことがございませんが」

弟子はこう申しながら、この耳のある、猫《ねこ》のような鳥を、気味悪そうにじろじろながめますと、良秀は相変らずいつものあざ笑うような調子で、

「なに、見たことがない？　都育ちの人間はそれだから困る。これは二、三日前に鞍馬《くらま》の猟師《りょうし》がわしにくれた耳木兎《みみずく》と言う鳥だ。ただ、こんなに馴れているのは、たくさんあるまい」

こう言いながらあの男は、おもむろに手をあげて、ちょうど餌《えさ》を食べてしまった耳木兎の背中の毛を、そっと下からなで上げました。するとそのとたんでございます。鳥は急に鋭い声で、短く一声啼《ひとこえな》いたと思うと、たちまち机の上から飛び上がって、両脚の爪《つめ》を張りながら、いきなり弟子の顔へとびかかりました。もしその時、弟子が袖《そで》をかざして、あわてて顔を隠《かく》さなかったら、きっともう疵《きず》の一つや二つは負わされておりましたろう。あっと言いながら、その袖《そで》を振って、逐《お》い払おうとするところを、耳木兎《みみずく》は蓋《かさ》にかかって、嘴《くちばし》を鳴らしながら、また一突き——弟子《でし》は師匠《ししょう》の前も忘

れて、立っては防ぎ、すわっては逐《お》い、思わず狭い部屋の中を、あちらこちらと逃《に》げ惑《まど》いました。怪鳥《けちょう》ももとよりそれにつれて、高く低く翔《かけ》りながら、すきさえあればまっしぐらに眼を目がけて飛んで来ます。そのたびにばさばさと、すさまじく翼《つばさ》を鳴らすのが、落葉のにおいだか、滝《たき》のしぶきだか、あるいはまた猿酒《さるざけ》のすえたいきれだか、何やら怪《あや》しげなもののけはいを誘《さそ》って、気味の悪さと言ったらございません。そういえばその弟子も、うす暗い油火の光さえおぼろげな月明りかと思われて、師匠の部屋がそのまま遠い山奥の、妖気《ようき》に閉された谷のような、心細い気がしたとか申したそうでございます。

しかし弟子が恐ろしかったのは、何も耳木兎に襲《おそ》われるという、そのことばかりではございません。いや、それよりもいっそう身の毛がよだったのは、師匠の良秀《よしひで》がその騒《さわ》ぎを冷然とながめながら、おもむろに紙を展《の》べ筆をねぶって、女のような少年が異形《いぎょう》な鳥にさいなまれる、ものすごいありさまを写していたことでございます。弟子は一目それを見ますと、たちまち言いようのない恐ろしさに脅《おびや》かされて、実際一時は師匠のために、殺されるのではないかとさえ、思ったと申しております。

一一

実際師匠に殺されるということも、全くないとは申されません。現にその晩わざわざ弟子《でし》を呼びよせたのでさえ、実は耳木兎《みみずく》をけしかけて、弟子の逃げまわるありさまを写そうという魂胆《こんたん》らしかったのでございます。でございますから、弟子は、師匠《ししょう》のようすを一目見るが早いか、思わず両袖《りょうそで》に頭を隠《かく》しながら、自分にもなんと言ったかわからないような悲鳴をあげて、そのまま部屋のすみの遣戸《やりど》の裾《すそ》へ、居ずくまってしまいました。とその拍子《ひょうし》に、良秀《よしひで》も何やらあわてたような声をあげて、立ち上がった気色《けしき》でございましたが、たちまち耳木兎の羽音がいっそう前よりもはげしくなって、物の倒れる音や破れる音が、けたたましく聞えるではございませんか。

これには弟子も二度、度を失って、思わず隠《かく》していた頭を上げて見ますと、部屋の中はいつかまっ暗になっていて、師匠の弟子たちを呼び立てる声が、その中でいらだたしそうにしております。

やがて弟子の一人が、遠くの方で返事をして、それから灯《ひ》をかざしながら、急いでやって参りましたが、そのすす臭《くさ》い明りでながめますと、結灯《ゆいとう》台《だい》が倒れたので、床《ゆか》も畳《たたみ》も一面に油だらけになった所へ、さっきの耳木兎が片方の翼《つばさ》ばかり苦しそうにはためかしながら、ころげまわっているのでございます。良秀は机《つくえ》の向うで半ば体を起したまま、さすがにあっけにとられたような顔をして、何やら人にはわからないことを、ぶつぶつつぶやいておりました。——それも無理ではございません。あの耳木兎の体には、まっ黒な蛇《へび》が一匹《いっぴき》、頸《くび》から片方の翼《つばさ》へかけて、きりきりとまきついているのでございます。おおかたこれは弟子が居ずくまる拍子《ひょうし》に、そこにあった壺《つぼ》をひっくり返して、その中の蛇がはい出したのを、耳木兎がなまじいにつかみかかろうとしたばかりに、とうとうこういう大騒ぎが始まったのでございましょう。二人の弟子は互《たがい》に眼と眼とを見合せて、しばらくはただ、この不思議な光景をぼんやりながめておりましたが、やがて師匠《ししょう》に黙礼《もくれい》をして、こそこそ部屋へ引き下がってしまいました。蛇《へび》と耳木兎《みみずく》とがその後《ご》どうなったか、それは誰《だれ》も知っているものはございません。――

こういうたぐいのことは、そのほかまだ、幾つとなくございました。前には申し落しましたが、地獄変《じごくへん》の屏風《びょうぶ》を描《か》けというご沙汰《さた》があったのは、秋の初めでございますから、それ以来冬の末まで、良秀《よしひで》の弟子《でし》たちは、絶えず師匠の怪《あや》しげなふるまいに脅《おびや》かされていたわけでございます。が、その冬の末に良秀は何か屏風の画で、自由にならないことができたのでございましょう。それまでよりはいっそうようすも陰気になり、物言いも目に見えて、荒々しくなって参りました。と同時にまた屏風の画も、下画《したえ》が八分通りでき上がったまま、さらにはかどる模様はございません。いや、どうかすると今までに描《か》いた所さえ、塗《ぬ》り消してもしまいかねない気色《けしき》なのでございます。

そのくせ、屏風の何が自由にならないのだか、それは誰にもわかりませ
ん。また誰もわかろうとしたものもございますまい。前のいろいろなでき
ごとに懲《こ》りている弟子たちは、まるで虎狼《とらおおかみ》と一つ檻《おり》にでもいるような心
もちで、その後師匠の身のまわりへは、なるべく近づかない算段をしてお
りましたから。

一二

したがってその間のことについては、別に取り立てて申し上げるほどの
お話もございません。もししいて申し上げるといたしましたら、それはあ
の強情《ごうじょう》な老爺《おやじ》が、なぜか妙《みょう》に涙もろくなって、人のいない所では時々ひと
りで泣いていたというお話くらいなものでございましょう。ことにある日、
何かの用で弟子《でし》の一人が、庭先へ参りました時なぞは、廊下《ろうか》に立ってぼん
やり春の近い空をながめている師匠《ししょう》の眼が、涙でいっぱいになっていたそ

うでございます。弟子はそれを見ますと、かえってこちらが恥《はずか》しいような気がしたので、黙《だま》ってこそこそ引き返したと申すことでございますが、五趣生死《ごしゅしょうじ》の図を描《か》くためには、道ばたの死骸《しがい》さえ写したという、傲慢《ごうまん》なあの男が屏風《びょうぶ》の画が思うように描けないくらいのことで、子供らしく泣き出すなどと申すのはずいぶん異《い》なものでございませんか。

ところが一方良秀《よしひで》がこのように、まるで正気の人間とは思われないほど夢中になって、屏風の絵を描いておりますうちに、また一方ではあの娘《むすめ》が、なぜかだんだん気鬱《きうつ》になって、私どもにさえ涙をこらえているようすが、眼に立って参りました。それが元来愁顔《うれいがお》の、色の白い、つつましやかな女だけに、こうなるとなんだか睫毛《まつげ》が重くなって、眼のまわりに隈《くま》がかかったような、よけい寂《さび》しい気がいたすのでございます。始めはやれ父思いのせいだの、やれ恋煩《こいわずら》いをしているからだの、いろいろ臆測《おくそく》をいたしたもの、でございますが、中ごろから、なにあれは大殿様《おおとのさま》が御意《ぎょい》に従わせようとしていらっしゃるのだという評判が立ち始めて、それからは誰《だれ》も忘れたように、ぱったりあの娘のうわさをしなくなってしまいました。

　ちょうどそのころのことでございましょう。ある夜、更《こう》が闌《た》けてから、私がひとりお廊下を通りかかりますと、あの猿《さる》の良秀がいきなりどこから か飛んで参りまして、私の袴《はかま》の裾《すそ》をしきりにひっぱるのでございます。たしか、もう梅のにおいでもいたしそうな、うすい月の光のさしている、暖い夜でございましたが、その明りですかして見ますと、猿《さる》はまっ白な歯をむき出しながら、鼻の先へ皺《しわ》をよせて、気が違わないばかりにけたたましく啼《な》き立てているではございませんか。私は気味の悪いのが三分と、新しい袴《はかま》をひっぱられる腹だたしさが七分とで、最初は猿を蹴《け》放《はな》して、そのまま通りすぎようかとも思いましたが、また思い返してみますと、前にこの猿を折檻《せっかん》して、若殿様《わかとのさま》のご不興《ふきょう》を受けた侍の例もございます。それに猿のふるまいが、どうもただごととは思われません。そこでとうとう私も思い切って、そのひっぱる方へ五、六間歩くともなく歩いて参りました。

　するとお廊下《ろうか》が一曲り曲って、夜目にもうす白いお池の水が枝ぶりのやさしい松の向うにひろびろと見渡せる、ちょうどそこまで参った時のことでございます。どこか近くの部屋の中で人の争っているらしいけはいが、あわただしく、また妙《みょう》にひっそりと私の耳を脅《おびやか》しました。あたりはどこも森《しん》と静まり返って、月明りとも靄《もや》ともつかないものの中で、魚の跳《おど》る音がするほかは、話し声一つ聞えません。そこへこの物音でございますから、私は思わず立ち止って、もし狼藉者《ろうぜきもの》でもあったなら、目にもの見せてくれようと、そっとその遣戸《やりど》の外へ、息をひそめながら身をよせました。

一三

ところが猿は私のやり方がまだるかったのでございましょう。良秀《よしひで》はさもさもどかしそうに、二、三度私の足のまわりをかけまわったと思いますと、まるで咽《のど》をしめられたような声で啼《な》きながら、いきなり私の肩《かた》のあたりへ一足飛びに飛び上がりました。私は思わず頸《くび》をそらせて、その爪《つめ》にかけられまいとする、猿《さる》はまた水干《すいかん》の袖《そで》にかじりついて、私の体からすべり落ちまいとする、――その拍子《ひょうし》に、私はわれ知らず二足三足よろめいて、その遣戸《やりど》へ後ろざまに、したたか私の体を打ちつけました。こうなっては、もう一刻も躊躇《ちゅうちょ》している場合ではございません。私はやにわに遣戸を開け放して、月明りのとどかない奥の方へおどりこもうといたしました。が、同時にその時私の眼をさえぎったものは――いや、それよりももっと私は、同時にその部屋の中から、はじかれたようにかけ出そうとした女のほうに驚《おどろ》かされました。女は出あいがしらに危く私につき当ろうとして、そのまま外へころび出ましたが、なぜかそこへ膝《ひざ》をついて、息を切らしながら私の顔を、何か恐ろしいものでも見るように、おののきおののき見上げているのでございます。

それが良秀《よしひで》の娘《むすめ》だったことは、何もわざわざ申し上げるまでもございますまい。が、その晩のあの女は、まるで人間が違ったように、生々《いきいき》と私の眼に映《うつ》りました。眼は大きく輝《かがや》いております。頰《ほお》も赤く燃えておりましたろう。そこへしどけなく乱れた袴《はかま》や袿《うちぎ》が、いつもの幼さとは打って変ったなまめかしささえも添《そ》えております。これが実際あの弱々しい、何事にも控《ひか》え目がちな良秀の娘でございましょうか。――私は遣戸に身をささえて、この月明りの中にいる美しい娘の姿をながめながら、あわただしく遠のいて行くもう一人の足音を、指させるもののように指さして、誰《だれ》ですと静かに眼で尋《たず》ねました。

すると娘は脣《くちびる》をかみながら、黙《だま》って首をふりました。そのようすがいかにもまたくやしそうなのでございます。

そこで私は身をかがめながら、娘の耳へ口をつけるようにして、今度は「誰《だれ》です」と小声で尋《たず》ねました。が、娘はやはり首を振ったばかりで、なんとも返事をいたしません。いや、それと同時に長い睫毛《まつげ》の先へ、涙をいっぱいためながら、前よりもかたく脣をかみしめているのでございます。

性得愚《しょうとくおろ》かな私には、わかりすぎているほどわかっていることのほかは、あいにく何一つのみこめません。でございますから、私はことばのかけようも知らないで、しばらくはただ、娘の胸の動悸《どうき》に耳を澄《す》ませるような心もちで、じっとそこに立ちすくんでおりました。もっともこれは一つには、なぜかこの上問い訊《ただ》すのが悪いような、気とがめがいたしたからでもございます。――

それがどのくらい続いたか、わかりません。が、やがて開け放した遣戸《やりど》を閉《とざ》しながら、少しは上気《じょうき》のさめたらしい娘の方を見返って、「もう曹司《ぞうし》へお帰りなさい」とできるだけやさしく申しました。そうして私も、自分ながら、何か見てはならないものを見たような、不安な心もちに脅《おびやか》されて、誰にともなく恥《はずか》しい思いをしながら、そっと元来《もとき》た方へ歩き出しました。ところが十歩と歩かないうちに、誰かまた私の袴《はかま》の裾《すそ》を、後ろから恐る恐る、引き止めるではございませんか。私は驚《おどろ》いて、ふり向きました。あなた方はそれがなんだったと思《おぼ》し召《め》します？

見るとそれは私の足もとにあの猿《さる》の良秀《よしひで》が、人間のように両手をついて、黄金《こがね》の鈴《すず》を鳴らしながら、何度となくていねいに頭を下げているのでございました。

一四

　するとその晩のできごとがあってから、半月ばかり後《のち》のことでございます。ある日良秀《よしひで》は突然お邸《やしき》へ参りまして、大殿様《おおとのさま》へ直《じき》のお眼通りを願いました。卑《いや》しい身分のものでございますが、日ごろから格段御意《ぎょい》に入っていたからでございましょう。誰《だれ》にでも容易にお会いになったことのない大殿様が、その日も快くご承知になって、さっそく御前《ごぜん》近くへお召しになりました。あの男は例の通り香染《こうぞ》めの狩衣《かりぎぬ》になえた烏帽子《えぼし》をいただいて、いつもよりはいっそう気むずかしそうな顔をしながら、うやうやしく御前へ平伏いたしましたが、やがてしわがれた声で申しますには、

「かねがねお言いつけになりました地獄変《じごくへん》の屛風《びょうぶ》でございますが、私も日夜に丹誠《たんせい》をぬきんでて、筆を執《と》りました甲斐《かい》が見えまして、もはやあらま

しはでき上がったのも同前でございまする」

「それはめでたい。予も満足じゃ」

しかしこうおっしゃる大殿様のお声には、なぜか妙《みょう》に力のない、張合《はりあい》のぬけたところがございました。

「いえ、それがいっこうめでたくはござりませぬ」良秀は、やや腹だたしそうなようすでじっと眼を伏せながら、

「あらましはでき上がりましたが、ただ一つ、今もって私には描《か》けぬ所がございまする」

「なに、描けぬ所がある？」

「さようでございまする。私は総じて、見たものでなければ描けませぬ。よし描けても、得心《とくしん》が参りませぬ。それでは描けぬも同じことでございませぬか」

これをお聞きになると、大殿様《おおとのさま》のお顔には、あざけるようなご微笑《びしょう》が浮びました。

「では地獄変《じごくへん》の屏風《びょうぶ》を描こうとすれば、地獄を見なければなるまいな」

「さようでござりまする。が、私は先年大火事がございました時に、炎熱《えんねつ》地獄の猛火《もうか》にもまがう火の手を、まのあたりにながめました。『よじり不動』の火焔《かえん》を描きましたのも、実はあの火事にあったからでございまする。御前《ごぜん》もあの絵はご承知でございましょう」

「しかし罪人はどうじゃ。獄卒《ごくそつ》は見たことがあるまいな」大殿様はまるで良秀《よしひで》の申すことがお耳にはいらなかったようなごようすで、こうたたみかけてお尋《たず》ねになりました。

「私は鉄《くろがね》の鎖《くさり》に縛《しば》られたものを見たことがございまする。怪鳥《けちょう》に悩まされるものの姿も、つぶさに写しとりました。されば罪人の呵責《かしゃく》に苦しむ様《さま》も知らぬと申されませぬ。また獄卒は――」と言って、良秀は気味の悪い苦笑をもらしながら、「また獄卒は、夢現《ゆめうつつ》に何度となく、私の眼に映りました。あるいは牛頭《ごず》、あるいは馬頭《めず》、あるいは三面六臂《さんめんろっぴ》の鬼の形が、音のせぬ手をたたき、声の出ぬ口を開いて、私をさいなみに参りますのは、ほとんど毎日毎夜のことと申してもよろしゅうございましょう。――私の描こうとして描けぬのは、そのようなものではございませぬ」

それには大殿様《おおとのさま》も、さすがにお驚《おどろ》きになったのでございましょう。しばらくはただいらだたしそうに、良秀《よしひで》の顔をにらめておいでになりましたが、やがて眉《まゆ》を険《けわ》しくお動かしになりながら、

「では何が描《か》けぬと申すのじゃ」と打捨《うっちゃ》るようにおっしゃいました。

一五

「私は屏風《びょうぶ》のただ中に、檳榔毛《びろうげ》の車＊が一輛《りょう》、空から落ちて来るところを描こうと思っておりまする」良秀はこう言って、はじめて鋭く大殿様のお顔をながめました。あの男は画のことというと、気違い同様になるとは聞いておりましたが、その時の眼くばりには確《たし》かにさような恐ろしさがあったようでございます。

「その車の中には、一人のあでやかな上臈《じょうろう》が、猛火の中に黒髪《くろかみ》を乱しながら、もだえ苦しんでいるのでございまする。顔は煙にむせびながら、眉をひそめて、空ざまに車蓋《やかた》を仰いでおりましょう。手は下簾《したすだれ》を引きちぎって、降りかかる火の粉の雨を防ごうとしているかもしれませぬ。そうしてそのまわりには、怪しげな鷙鳥《しちょう》が十羽となく、二十羽となく、嘴《くちばし》を鳴らして紛々《ふんぷん》と飛びめぐっているのでございまする。――ああ、それが、牛車《ぎっしゃ》の中の上臈《じょうろう》が、どうしても私には描けませぬ」

「そうして――どうじゃ」

大殿様はどういうわけか、妙《みょう》によろこばしそうな御気色《みけしき》で、こう良秀をお促《うなが》しになりました。が、良秀《よしひで》は例の赤い脣《くちびる》を熱でも出た時のように震《ふる》わせながら、夢を見ているのかと思う調子で、

「それが私には描《か》けませぬ」と、もう一度繰り返しましたが、突然かみつくような勢いになって、

「どうか檳榔《びろう》毛《げ》の車を一輛《りょう》、私の見ている前で、火をかけていただきとう

ございまする。そうしてもしできますならば――」

大殿様《おおとのさま》はお顔を暗くなすったと思うと、突然けたたましくお笑いになりました。そうしてそのお笑い声に息をつまらせながら、おっしゃいますには、

「おお、万事そのほうが申す通りにいたして遣《つか》わそう。できるできぬの詮《せん》議《ぎ》は無益《むやく》の沙汰《さた》じゃ」

私はそのおことばを伺《うかが》いますと、虫の知らせか、なんとなくすさまじい気がいたしました。実際また大殿様のごようすも、お口の端《はし》には白く泡《あわ》がたまっておりますし、御眉《おんまゆ》のあたりにはびくびくと電《いなずま》が起っておりますし、まるで良秀のもの狂いにお染《そ》みなすったのかと思うほど、ただならなかったのでございます。それがちょいとことばをお切りになると、すぐまた何かがはぜたような勢いで、とめどなく喉《のど》を鳴らしてお笑いになりながら、

「檳榔《びろう》毛《げ》の車にも火をかけよう。またその中にはあでやかな女を一人、上《じょう》臈《ろう》の装《よそおい》をさせて乗せて遣わそう。炎《ほのお》と黒煙とに攻《せ》められて、車の中の女が、

もだえ死をする――それを描こうと思いついたのは、さすがに天下第一の絵師じゃ。ほめてとらす。おお、ほめてとらすぞ」

大殿様のおことばを聞きますと、良秀は急に色を失ってあえぐようにただ、脣ばかり動かしておりましたが、やがて体中の筋がゆるんだように、べたりと畳《たたみ》へ両手をつくと、

「ありがたいしあわせでございまする」と、聞えるか聞えないかわからないほど低い声で、ていねいにお礼を申し上げました。これはおおかた自分の考えていたもくろみの恐ろしさが、大殿様《おおとのさま》のおことばにつれてありありと目の前へ浮んできたからでございましょうか。私は一生のうちにただ一度、この時だけは良秀《よしひで》が、きのどくな人間に思われました。

一六

それから二、三日した夜《よる》のことでございます。大殿様はお約束《やくそく》通り、良

秀をお召しになって、檳榔毛《びろうげ》の車の焼けるところを、目近《まぢか》く見せておやりになりました。もっともこれは堀川のお邸《やしき》であったことではございません。俗に雪解《ゆきげ》の御所《ごしょ》と言う、昔大殿様の妹君がいらしった洛外《らくがい》の山荘で、お焼きになったのでございます。

この雪解の御所と申しますのは、久しくどなたにもお住いにならなかった所で、広いお庭も荒れほうだい荒れ果てておりましたが、おおかた人気《ひとけ》のないごようすを拝見した者の当推量《あてずいりょう》でございましょう。ここでお歿《な》くなりになった妹君のお身の上にも、とかくのうわさが立ちまして、中にはまた月のない夜ごと夜ごとに、今でも怪しい御袴《おんはかま》の緋《ひ》の色が、地にもつかずお廊下《ろうか》を歩むなどという取沙汰《とりざた》をいたすものもございました。――それも無理ではございません。昼でさえ寂《さび》しいこの御所は、一度日が暮《く》れたとなりますと、遣水《やりみず》の音がひときわ陰に響《ひび》いて、星明りに飛ぶ五位鷺《ごいさぎ》も、怪形《けぎょう》の物かと思うほど、気味が悪いのでございますから。

ちょうどその夜はやはり月のない、まっ暗な晩でございましたが、大殿《おおとの》油《あぶら》の灯影《ほかげ》でながめますと、縁《えん》に近く座をお占めになった大殿様は、浅黄《あさぎ》の直衣《のうし》に濃い紫《むらさき》の浮紋《うきもん》の指貫《さしぬき》をお召しになって、白地の錦《にしき》の縁《ふち》をとった円座《わろうだ》に、高々とあぐらを組んでいらっしゃいました。その前後左右におそばの者どもが五、六人、うやうやしく居並んでおりましたのは、別に取り立てて申し上げるまでもございますまい。が、中に一人、めだってことありげに見えたのは、先年陸奥《みちのく》の戦いに餓《う》えて人の肉を食って以来、鹿《しか》の生角《いきづの》さえ裂《さ》くようになったという強力《ごうりき》の侍《さむらい》が、下に腹巻を着こんだようすで、太刀《た》を鷗尻《かもめじり》に佩《は》きそらせながら、ご縁《えん》の下にいかめしくつくばっていたことでございます。――それが皆、夜風になびく灯《ひ》の光で、あるいは明るくあるいは暗く、ほとんど夢現《ゆめうつつ》を分たない気色《けしき》で、なぜかものすごく見え渡っておりました。

その上にまた、お庭に引き据《す》えた檳榔《びろう》毛《げ》の車が、高い車蓋《やかた》にのっしりと暗《やみ》をおさえて、牛はつけず黒い轅《ながえ》を斜《なな》めに榻《しじ》へかけながら、金物の黄金《こがね》を星のように、ちらちら光らせているのをながめますと、春とはいうもののなんとなく肌寒い気がいたします。もっともその車の内は、浮線綾《ふせんりょう》の縁をとった青簾《あおすだれ》が、重く封《ふう》じこめておりますから、�《はこ》には何がはいっているかわかりません。そうしてそのまわりには仕丁《じちょう》たちが、手ん手に燃えさかる松明《まつ》を執《と》って、煙がご縁の方へなびくのを気にしながら、仔細《しさい》らしく控《ひか》えております。

当の良秀《よしひで》はやや離れて、ちょうどご縁の真向《まむかい》に、ひざまずいておりましたが、これはいつもの香染《こうぞめ》らしい狩衣《かりぎぬ》になえた揉烏帽子《もみえぼし》をいただいて、星空の重みに圧《お》されたかと思うくらい、いつもよりはなお小さく、見すぼらしげに見えました。その後ろにまた一人同じような烏帽子《えぼし》狩衣《かりぎぬ》のうずくまったのは、多分召し連れた弟子の一人でもございましょうか。それがちょうど二人とも、遠いうす暗がりの中にうずくまっておりますので、私のいたご縁《えん》の下からは、狩衣の色さえ定かにはわかりません。

一七

時刻はかれこれ真夜中にも近かったでございましょう。林泉をつつんだ暗《やみ》がひっそりと声をのんで、一同のする息をうかがっていると思う中には、ただかすかな夜風の渡る音がして、松明《まつ》の煙がそのたびにすす臭《くさ》いにおいを送って参ります。大殿様《おおとのさま》はしばらく黙《だま》って、この不思議な景色をじっとながめていらっしゃいましたが、やがて膝《ひざ》をお進めになりますと、

「良秀《よしひで》」と、鋭くお呼びかけになりました。

良秀は何やらご返事をいたしたようでございますが、私の耳にはただ、うなるような声しか聞えて参りません。

「良秀。今宵《こよい》はそのほうの望み通り、車に火をかけて見せて遣《つか》わそう」

大殿様はこうおっしゃって、おそばの者たちの方を流し眄《め》にご覧になりました。その時何か大殿様とおそばの誰彼《だれかれ》との間には、意味ありげな微笑

がかわされたようにも見うけましたが、これはあるいは私の気のせいかもわかりません。すると良秀はおそるおそる頭《かしら》をあげてご縁の上を仰《あお》いだらしゅうございますが、やはり何も申し上げずに控《ひか》えております。

「よう見い。それは予が日ごろ乗る車じゃ。そのほうも覚えがあろう。予は——その車にこれから火をかけて、まのあたりに炎熱地獄《えんねつじごく》を現《げん》ぜさせるつもりじゃが」

大殿様《おおとのさま》はまたことばをおやめになって、おそばの者たちにめくばせをなさいました。それから急に苦々《にがにが》しいご調子で、

「その中には罪人の女房《にょうぼう》が一人、縛《いまし》めたまま乗せてある。されば車に火をかけたら、必定《ひつじょう》その女めは肉を焼き骨を焦《こが》して、四苦八苦の最期《さいご》を遂《と》げるであろう。そのほうが屏風《びょうぶ》を仕上げるには、またとない手本じゃ。雪のような肌《はだ》が燃えただれるのを見のがすな。黒髪《くろかみ》が火の粉になって、舞《ま》い上がるさまもよう見ておけ」

大殿様は三度口をおつぐみになりましたが、何をお思いになったのか、

今度はただ肩をゆすって、声もたてずにお笑いなさりながら、

「末代までもない観物《みもの》じゃ。予もここで見物しよう。それそれ、簾《すだれ》を揚《あ》げて、良秀《よしひで》に中の女を見せて遣《つかわ》さぬか」

仰《おお》せを聞くと仕丁《じちょう》の一人は、片手に松明《まつ》の火を高くかざしながら、つかつかと車に近づくと、やにわに片手をさし伸ばして、簾《すだれ》をさらりと揚げて見せました。けたたましく音を立てて燃える松明《まつ》の光は、ひとしきり赤くゆらぎながら、たちまち狭《せま》い輫《はこ》の中をあざやかに照し出しましたが、輞《とこ》の上にむごたらしく、鎖《くさり》にかけられた女房は——ああ、誰か見違えをいたしましょう。きらびやかな繡《ぬい》のある桜の唐衣《からぎぬ》にすべらかしの黒髪《くろかみ》があでやかにたれて、うちかたむいた黄金《こがね》の釵子《さいし》＊も美しく輝《かがや》いて見えましたが、身なりこそ違え、小造《こづく》りな体つきは、猿轡《さるぐつわ》のかかった頸《うなじ》のあたりは、そうしてあの寂《さび》しいくらいつつましやかな横顔は、良秀の娘《むすめ》に相違ございません。私は危く叫《さけ》び声を立てようといたしました。

その時でございます。私と向いあっていた侍《さむらい》はあわただしく身を起して、

柄頭《つかがしら》を片手におさえながら、きっと良秀《よしひで》の方をにらみました。それに驚《おどろ》いてながめますと、あの男はこの景色《けしき》に、半ば正気を失ったのでございましょう。今まで下にうずくまっていたのが、急に飛び立ったと思いますと、両手を前へ伸《の》ばしたまま、車の方へ思わず知らず走りかかろうといたしました。ただあいにく前にも申しました通り、遠い影の中におりますので、顔貌《かおかたち》ははっきりとわかりません。しかしそう思ったのはほんの一瞬間《いっしゅんかん》で、色を失った良秀の顔は、いや、まるで何か目に見えない力が宙へつりあげたような良秀の姿は、たちまちうす暗がりを切り抜いてありありと眼前へ浮び上がりました。娘《むすめ》を乗せた檳榔毛《びろうげ》の車が、この時、「火をかけい」と言う大殿様《おおとのさま》のおことばとともに、仕丁《じちょう》たちが投げる松明《まつ》の火を浴びて炎々《えんえん》と燃え上がったのでございます。

一八

火は見る見るうちに、車蓋《やかた》をつつみました。庇《ひさし》についた紫《むらさき》の流蘇《ふさ》が、あおられたようにさっとなびくと、その下から濛々《もうもう》と夜目にも白い煙が渦《うず》を巻いて、あるいは簾《すだれ》、あるいは袖《そで》、あるいは棟《むね》の金物が、一時に砕《くだ》けて飛んだかと思うほど、火の粉が雨のように舞《ま》い上がる――そのすさまじさと言ったらございません。いや、それよりもめらめらと舌を吐《は》いて袖格子《そでごうし》にからみながら、半空《なかぞら》までも立ちのぼる烈々《れつれつ》とした炎《ほのお》の色は、まるで日輪が地に落ちて、天火がほとばしったようだとでも申しましょうか。前に危く叫《さけ》ぼうとした私も、今は全く魂《たましい》を消して、ただ茫然《ぼうぜん》と口を開きながら、この恐ろしい光景を見守るよりほかはございませんでした。しかし親の良秀《よしひで》は――

良秀のその時の顔つきは、今でも私は忘れません。思わず知らず車の方へ駆《か》け寄ろうとしたあの男は、火が燃え上がると同時に、足を止めて、やはり手をさし伸《の》ばしたまま、食い入るばかりの眼つきをして、車をつつむ焔煙《えんえん》を吸いつけられたようにながめておりましたが、満身に浴びた火の光で、皺《しわ》だらけな醜《みにく》い顔は、髭《ひげ》の先までもよく見えます。が、その大きく見開いた眼の中と言い、引きゆがめた脣《くちびる》のあたりと言い、あるいはまた絶えず引きつっている頬《ほお》の肉の震《ふる》えと言い、良秀の心にこもごも往来する恐れと悲しみと驚《おどろ》きとは、歴々と顔に描《か》かれました。首をはねられる前の盗人でも、ないしは十王の庁へ引き出された、十逆五悪《じゅうぎゃくごあく》の罪人でも、ああまで苦しそうな顔はいたしますまい。これにはさすがにあの強力《ごうりき》の侍《さむらい》でさえ、思わず色を変えて、おそるおそる大殿様《おおとのさま》のお顔を仰《あお》ぎました。

が、大殿様はかたく脣をおかみになりながら、時々気味悪くお笑いになって、眼も放さずじっと車の方をお見つめになっていらっしゃいます。そうしてその車の中には——ああ、私はその時、その車にどんな娘《むすめ》の姿をながめたか、それを詳《くわ》しく申し上げる勇気は、とうていあろうとも思われません。あの煙《けむり》にむせんであおむけた顔の白さ、焔《ほのお》をはらってふり乱れた髪《かみ》の長さ、それからまた見る間に火と変っていく、桜の唐衣《からぎぬ》の美しさ、——なんというむごたらしい景色でございましたろう。ことに夜風が一おろしして、煙が向うへなびいた時、赤い上に金粉をまいたような、焔の中から浮き上がって、猿轡《さるぐつわ》をかみながら、縛《いましめ》の鎖《くさり》も切れるばかりに身もだえをしたありさまは、地獄《じごく》の業苦《ごうく》をまのあたりへ写し出したかと疑われて、私はじめ強力《ごうりき》の侍《さむらい》までおのずと身の毛がよだちました。

するとその夜風がまた一渡り、お庭の木々のこずえにさっと通う——と誰《だれ》でも、思いましたろう。そういう音が暗い空を、どことも知らず走ったと思うと、たちまち何か黒いものが、地にもつかず宙にも飛ばず、鞠《まり》のように躍《おど》りながら、御所《ごしょ》の屋根から火の燃えさかる車の中へ、一文字にとびました。そうして朱塗《しゅぬり》のような袖格子《そでごうし》が、ばらばらと焼け落ちる中に、のけぞった娘《むすめ》の肩を抱《いだ》いて、帛《きぬ》を裂《さ》くような鋭い声を、なんとも言えず苦しそうに、長く煙の外へ飛ばせました。続いてまた、二声三声——私たちは我知らず、あっと同音に叫《さけ》びました。壁代《かべしろ》のような焔《ほのお》を後ろにして、娘の肩にすがっているのは、堀川のお邸《やしき》につないであった、あの良秀《よしひで》と諢名《あだな》のある、猿《さる》だったのでございますから。

一九

が、猿の姿が見えたのは、ほんの一瞬間《いっしゅんかん》でございました。金梨子地《きんなしじ》*のような火の粉がひとしきり、ぱっと空へ上ったかと思ううちに、猿はもとより娘の姿も、黒煙《こくえん》の底に隠《かく》されて、お庭のまん中にはただ、一輛《りょう》の火の車がすさまじい音を立てながら、燃えたぎっているばかりでございます。いや、火の車と言うよりも、あるいは火の柱と言ったほうが、あの星空を衝《つ》いて煮《に》え返る、恐ろしい火焔《かえん》のありさまにはふさわしいかもしれません。

その火の柱を前にして、凝《こ》り固まったように立っている良秀は、――なんという不思議なことでございましょう。あのさっきまで地獄《じごく》の責苦に悩んでいたような良秀《よしひで》は、今は言いようのない輝《かがや》きを、さながら恍惚《こうこつ》とした法悦《ほうえつ》の輝きを、皺《しわ》だらけな満面に浮べながら、大殿様《おおとのさま》の御前《ごぜん》も忘れたのか、両腕をしっかり胸に組んで、たたずんでいるではございませんか。それがどうもあの男の眼の中には、娘《むすめ》のもだえ死ぬありさまが映っていないようなのでございます。ただ美しい火焔《かえん》の色と、その中に苦しむ女人《にょにん》の姿とが、限りなく心をよろこばせる——そういう景色《けしき》に見えました。

しかも不思議なのは、何もあの男が一人娘の断末魔《だんまつま》をうれしそうにながめていた、そればかりではございません。その時の良秀には、なぜか人間とは思われない、夢《ゆめ》に見る獅子王《ししおう》の怒《いか》りに似《に》た怪《あや》しげなおごそかさがございました。でございますから不意の火の手に驚《おどろ》いて、啼《な》き騒《さわ》ぎながら飛びまわる数の知れない夜鳥《よどり》でさえ、気のせいか良秀の揉烏帽子《もみえぼし》のまわりへは、近づかなかったようでございます。おそらくは無心の鳥の眼にも、あの男の頭《かしら》の上に、円光のごとくかかっている、不思議な威厳《いげん》が見えたのでございましょう。

鳥でさえそうでございます。まして私たちは仕丁《じちょう》までも、皆息をひそめながら、身の内も震《ふる》えるばかり、異様な随喜《ずいき》の心に充ち満ちて、まるで開《かい》眼《げん》の仏でも見るように、眼も離さず、良秀を見つめました。空一面に鳴り渡る車の火と、それに魂《たましい》を奪われて、立ちすくんでいる良秀と――なんという荘厳《しょうごん》、なんという歓喜でございましょう。が、その中でたった一人、ご縁《えん》の上の大殿様だけは、まるで別人かと思われるほど、お顔の色も青ざめて、口元に泡《あわ》をおためになりながら、紫《むらさき》の指貫《さしぬき》の膝《ひざ》を両手にしっかりおつかみになって、ちょうど喉《のど》のかわいた獣《けもの》のようにあえぎつづけていらっしゃいました。……

二〇

その夜雪解《ゆきげ》の御所《ごしょ》で、大殿様《おおとのさま》が車をお焼きになったことは、誰《だれ》の口からともなく世上へもれましたが、それについてはずいぶんいろいろな批判をいたすものもおったようでございます。まず第一になぜ大殿様が良秀《よしひで》の娘《むすめ》をお焼き殺しなすったか、――これは、かなわぬ恋の恨《うら》みからなすったのだというらわさが、いちばん多うございました。が、大殿様の思し召しは、全く車を焼き人を殺してまでも、屏風《びょうぶ》の画を描《か》こうとする絵師根性のよこしまを懲《こ》らすおつもりだったのに相違《そうい》ございません。現に私は、大殿様が御口ずからそうおっしゃるのを伺《うかが》ったことさえございます。

それからあの良秀が、目前で娘を焼き殺されながら、それでも屏風の画を描きたいというその木石《ぼくせき》のような心もちが、やはり何かとあげつらわれたようでございます。中にはあの男をののしって、画のために親子の情愛も忘れてしまう、人面獣心《にんめんじゅうしん》のくせ者などと申すものもございました。あの横川《よかわ》の僧都《そうず》様《さま》などは、こういう考えに味方をなすったお一人で、「いかに一芸一能にひいでようとも、人として五常をわきまえねば、地獄《じごく》におちるほかはない」などとおっしゃったものでございます。

ところがその後一月ばかりたって、いよいよ地獄変の屏風ができ上がりますと、良秀はさっそくそれをお邸《やしき》へ持って出て、うやうやしく大殿様のご覧に供《そな》えました。ちょうどその時は僧都様もお居合せになりましたが、屏風《びょうぶ》の画を一目ご覧になりますと、さすがにあの一帖《いちじょう》の天地に吹きすさんでいる火のあらしの恐ろしさにお驚《おどろ》きなすったのでございましょう。それまでは苦い顔をなさりながら、良秀《よしひで》の方をじろじろにらめつけていらしったのが、思わず知らず膝《ひざ》を打って、「でかしおった」とおっしゃいました。このことばをお聞きになって、大殿様《おおとのさま》が苦笑なすった時のごようすも、いまだに私は忘れません。

それ以来あの男を悪く言うものは、少くともお邸《やしき》の中だけでは、ほとんど一人もいなくなりました。誰《だれ》でもあの屏風を見るものは、いかに日ごろ良秀を憎《にく》く思っているにせよ、不思議におごそかな心もちに打たれて、炎《えん》熱地獄《ねつじごく》の大苦艱《だいくげん》を如実《にょじつ》に感じるからでもございましょうか。

しかしそうなった時分には、良秀はもうこの世にない人の数《かず》にはいっておりました。それも屏風のでき上がった次の夜《よ》に、自分の部屋の梁《はり》へ縄《なわ》をかけて、縊《くび》れ死んだのでございます。一人娘《むすめ》を先立てたあの男は、おそらく安閑《あんかん》として生きながらえるのに堪《た》えなかったのでございましょう。死骸《しがい》は今でもあの男の家の跡《あと》にうずまっております。もっとも小さな標《しるし》の石は、その後《のち》何十年かの雨風《あめかぜ》にさらされて、とうの昔誰の墓とも知れないように、苔蒸《こけむ》しているにちがいございません。

（大正七年四月）

羅生門《らしょうもん》

　ある日の暮《く》れ方《がた》のことである。一人の下人《げにん》*が、羅生門*の下で雨《あま》やみを待っていた。

　広い門の下には、この男のほかに誰《だれ》もいない。ただ、所々丹塗《にぬ》りの剥《は》げた、大きな円柱《まるばしら》に、蟋蟀《きりぎりす》*が一匹《ぴき》とまっている。羅生門が、朱雀大路《すざくおおじ》にある以上は、この男のほかにも、雨やみをする市女笠《いちめがさ》*や揉烏帽子《もみえぼし》*が、もう二三人はありそうなものである。それが、この男のほかには誰もいない。

　なぜかというと、この二三年、京都には、地震《じしん》とか辻風《つじかぜ》とか火事とか饑饉《ききん》とかいう災《わざわ》いがつづいて起《おこ》った。そこで洛中《らくちゅう》のさびれ方は一通りではない。旧記《きゅうき》*によると、仏像や仏具を打砕《うちくだ》いて、その丹がついたり、金銀の箔《はく》がついたりした木を、路《みち》ばたにつみ重ねて、薪《たきぎ》の料《しろ》に売っていたということである。洛中がその始末であるから、羅生門の修理《しゅうり》などは、元より誰も捨てて顧《かえり》みる者がなかった。するとその荒《あ》れ果てたのをよいことにして、狐狸《こり》が棲《す》む。盗人《ぬすびと》が棲む。とうとうしまいには、引き取り手のない死人を、この門へ持って来て、棄《す》てて行くという習慣さえできた。そこで、日の目が見えなくなると、誰でも気味《きみ》を悪《わ》るがって、この門の近所へは足ぶみをしないことになってしまったのである。

その代《かわ》りまた鴉《からす》がどこからか、たくさん集《あつま》って来た。昼間見ると、その鴉が何羽となく輪を描《か》いて、高い鴟尾《しび》のまわりを啼《な》きながら、飛びまわっている。ことに門の上の空が、夕焼けであかくなる時には、それが胡麻《ごま》をまいたようにはっきり見えた。鴉は、もちろん、門の上にある死人の肉を、啄《ついば》みに来るのである。——もっとも今日は、刻限《こくげん》が遅《おそ》いせいか、一羽も見えない。ただ、所々、崩《くず》れかかった、そうしてその崩れ目に長い草のはえた石段の上に、鴉の糞《ふん》が、点々と白くこびりついているのが見える。下人は七段ある石段の一番上の段に、洗いざらした紺《こん》の襖《あお》*の尻《しり》を据《す》えて、右の頬《ほお》にできた、大きな面皰《にきび》を気にしながら、ぼんやり、雨のふるのを眺《なが》めていた。

作者はさっき、「下人が雨やみを待っていた」と書いた。しかし、下人は雨がやんでも、格別どうしようという当てはない。ふだんなら、もちろん、主人の家へ帰るべきはずである。ところがその主人からは、四、五日前に暇《ひま》を出された。前にも書いたように、当時京都の町は一通りならず衰《すい》微《び》していた。今この下人が、永年《ながねん》、使われていた主人から、暇を出されたのも、実はこの衰微の小さな余波《よは》にほかならない。だから「下人が雨やみを待っていた」というよりも「雨にふりこめられた下人が、行き所がなくて、途方《とほう》にくれていた」と言う方が、適当《てきとう》である。その上、今日の空模様《もよう》も少《すく》からず、この平安朝《へいあんちょう》の下人《げにん》のSentimentalisme*に影響《えいきょう》した。申《さる》の刻下《こくさが》*りからふり出した雨は、いまだに上《あが》るけしきがない。そこで、下人は、何を措《お》いても差当《さしあた》り明日《あす》の暮《くら》しをどうにかしようとして——言わばどうにもならないことを、どうにかしようとして、とりとめもない考えをたどりながら、さっきから朱雀大路《すざくおおじ》にふる雨の音を、聞くともなく聞いていたのである。

雨は、羅生門《らしょうもん》をつつんで、遠くから、ざあっという音をあつめて来る。夕闇《ゆうやみ》は次第《しだい》に空を低くして、見上げると、門の屋根が、斜につき出した甍《いらか》の先に、重たくうす暗い雲を支《ささ》えている。

どうにもならないことを、どうにかするためには、手段を選んでいる遑《いとま》はない。選んでいれば、築土《ついじ》の下か、道ばたの土の上で、饑死《うえじに》をするばかりである。そうして、この門の上へ持って来て、犬のように棄《す》てられてしまうばかりである。選ばないとすれば——下人の考えは、何度も同じ道を低徊《ていかい》した揚句《あげく》に、やっとこの局所へ逢着《ほうちゃく》した。しかしこの「すれば」は、いつまでたっても、結局「すれば」であった。下人は、手段を選ばないということを肯定《こうてい》しながらも、この「すれば」のかたをつけるために、当然、その後《のち》に来《きた》るべき「盗人《ぬすびと》になるよりほかに仕方がない」ということを、積極的に肯定するだけの、勇気が出ずにいたのである。

下人は、大きな嚔《くさめ》*をして、それから、大儀《たいぎ》そうに立上《たちあが》った。夕冷えのする京都は、もう火桶《ひおけ》が欲しいほどの寒さである。風は門の柱と柱との間を、夕闇とともに遠慮《えんりょ》なく、吹《ふ》きぬける。丹塗《にぬり》の柱にとまっていた蟋蟀《きりぎりす》も、もうどこかへ行ってしまった。

下人は、頸《くび》をちぢめながら、山吹《やまぶき》の汗衫《かざみ》*に重ねた、紺《こん》の襖《あお》の肩《かた》を高くして門のまわりを見まわした。雨風の患《うれえ》のない、人目にかかる惧《おそ》れのない、一晩楽にねられそうな所があれば、そこでともかくも、夜を明かそうと思ったからである。すると、幸い門の上の楼《ろう》へ上る、幅《はば》の広い、これも丹を塗《ぬ》った梯子《はしご》が眼《め》についた。上なら、人がいたにしても、どうせ死人ばかりである。下人はそこで、腰《こし》にさげた聖柄《ひじりづか》*の太刀《たち》が鞘走《さやばし》らないように気をつけながら、藁草履《わらぞうり》をはいた足を、その梯子の一番下の段へふみかけた。

それから、何分かの後である。羅生門の楼の上へ出る、幅の広い梯子の中段に、一人の男が、猫《ねこ》のように身をちぢめて、息を殺しながら、上の容子《ようす》を窺《うかが》っていた。楼の上からさす火の光が、かすかに、その男の右の頬《ほお》をぬらしている。短い鬚《ひげ》の中に、赤く膿《うみ》を持った面皰《にきび》のある頬である。下人は、始めから、この上にいる者は、死人ばかりだと高を括《くく》っていた。それが、梯子を二三段上って見ると、上では誰《だれ》か火をとぼして、しかもその火をそこここと動かしているらしい。これは、その濁《にご》った、黄いろい光が、隅々《すみずみ》に蜘蛛《くも》の巣をかけた天井裏《てんじょううら》に、揺《ゆ》れながら映《うつ》ったので、すぐにそれと知れたのである。この雨の夜に、この羅生門の上で、火をともしているからは、どうせ唯《ただ》の者ではない。

下人《げにん》は、守宮《やもり》のように足音をぬすんで、やっと急な梯子《はしご》を、一番上の段まで這《は》うようにして上りつめた。そうして体をできるだけ、平らにしながら、頸《くび》をできるだけ、前へ出して、恐《おそ》る恐る、楼《ろう》の内を覗《のぞ》いてみた。

見ると、楼の内には、噂《うわさ》に聞いた通り、幾《いく》つかの死骸《しがい》が、無造作に棄《す》ててあるが、火の光の及《およ》ぶ範囲《はんい》が、思ったより狭《せま》いので、数は幾つともわからない。ただ、おぼろげながら、知れるのは、その中に裸《はだか》の死骸と、着物を着た死骸とがあるということである。もちろん、中には女も男もまじっているらしい。そうして、その死骸は皆《みな》、それが、かつて、生きていた人間だという事実さえ疑われるほど、土を捏《こ》ねて造った人形のように、口を開《あ》いたり手を延ばしたりして、ごろごろ床《ゆか》の上にころがっていた。しかも、肩《かた》とか胸とかの高くなっている部分に、ぼんやりした火の光をうけて、低くなっている部分の影《かげ》を一層暗くしながら、永久に唖《おし》のごとく黙《だま》っていた。

下人は、それらの死骸の腐《ふ》爛《らん》した臭気《しゅうき》に思わず、鼻を掩《おお》った。しかし、その手は、次の瞬間《しゅんかん》には、もう鼻を掩うことを忘れていた。ある強い感情が、ほとんどことごとくこの男の嗅覚《きゅうかく》を奪《うば》ってしまったからである。

下人の眼《め》は、その時、はじめてその死骸の中に蹲《うずくま》っている人間を見た。檜皮色《ひわだいろ》*の着物を着た、背の低い、痩《や》せた、白髪頭《しらがあたま》の、猿《さる》のような老婆《ろうば》である。その老婆は、右の手に火をともした松の木片《きぎれ》を持って、その死骸の一つの顔を覗きこむように眺《なが》めていた。髪《かみ》の毛の長いところを見ると、多分女の死骸であろう。

下人は、六分の恐怖《きょうふ》と四分の好奇心《こうきしん》とに動かされて、暫時《ざんじ》は呼吸《いき》をするのさえ忘れていた。旧記《きゅうき》の記者の語を借りれば、「頭身《とうしん》の毛も太る」*ように感じたのである。すると老婆は、松の木片を、床板《ゆかいた》の間に挿《さ》して、それから、今まで眺めていた死骸の首に両手をかけると、丁度、猿の親が猿の子の虱《しらみ》をとるように、その長い髪の毛を一本ずつ抜《ぬ》きはじめた。髪は手に従って抜けるらしい。

その髪の毛が、一本ずつ抜けるのに従って、下人の心からは、恐怖が少しずつ消えて行った。そうして、それと同時に、この老婆に対するはげしい憎悪《ぞうお》が、少しずつ動いて来た。——いや、この老婆に対するといっては、語弊《ごへい》があるかも知れない。むしろ、あらゆる悪に対する反感が、一分ごとに強さを増して来たのである。この時、誰《だれ》かがこの下人に、さっき門の下でこの男が考えていた、饑死《うえじに》をするか盗人《ぬすびと》になるかという問題を、改めて持出《もちだ》したら、恐らく下人は、何の未練もなく、饑死を選んだことであろう。それほど、この男の悪を憎《にく》む心は、老婆の床に挿した松の木片のように、勢いよく燃《も》え上《あが》り出していたのである。

下人には、もちろん、なぜ老婆が死人の髪の毛を抜くかわからなかった。

従って、合理的には、それを善悪のいずれに片づけてよいか知らなかった。しかし下人《げにん》にとっては、この雨の夜に、この羅生門《らしょうもん》の上で、死人の髪《かみ》の毛を抜《ぬ》くということが、それだけですでに許すべからざる悪であった。もちろん、下人は、さっきまで自分が、盗人《ぬすびと》になる気でいたことなぞは、とうに忘れていたのである。

そこで、下人は、両足に力を入れて、いきなり、梯子《はしご》から上へ飛び上《あが》った。そうして聖柄《ひじりづか》の太刀《たち》に手をかけながら、大股《おおまた》に老婆《ろうば》の前へ歩みよった。老婆が驚《おどろ》いたのはいうまでもない。

老婆は、一目《ひとめ》下人を見ると、まるで弩《いしゆみ》*にでも弾《はじ》かれたように、飛び上った。

「おのれ、どこへ行く」

下人は、老婆が死骸《しがい》につまずきながら、慌《あわ》てふためいて逃《に》げようとする行手《ゆくて》を塞《ふさ》いで、こう罵《ののし》った。老婆は、それでも下人をつきのけて行こうとする。下人はまた、それを行かすまいとして、押しもどす。二人は死骸の中で、暫《しばら》く、無言《むごん》のまま、つかみ合った。しかし勝敗は、はじめからわかっている。下人はとうとう、老婆の腕《うで》をつかんで、無理にそこへ扭《ね》じ倒《たお》した。丁度、鶏《にわとり》の脚《あし》のような、骨と皮ばかりの腕である。

「何をしていた。言え。言わぬと、これだぞよ」

下人は、老婆をつき放すと、いきなり、太刀の鞘《さや》を払《はら》って、白い鋼《はがね》の色をその眼《め》の前へつきつけた。けれども、老婆は黙《だま》っている。両手をわなわなふるわせて、肩《かた》で息を切りながら、眼を、眼球《めだま》が眶《まぶた》の外へ出そうになるほど、見開いて、唖《おし》のように執拗《しゅうね》く黙っている。これを見ると、下人は始めて明白《めいはく》にこの老婆の生死が、全然、自分の意志に支配されているということを意識した。そうしてこの意識は、今までけわしく燃《も》えていた憎悪《ぞうお》の心を、いつの間にか冷ましてしまった。後《あと》に残ったのは、ただ、ある仕事をして、それが円満に成就《じょうじゅ》した時の、安らかな得意と満足とがあるばかりである。そこで、下人は、老婆を見下しながら、少し声を柔《やわ》らげてこう言った。

「己《おれ》は検非違使《けびいし》*の庁《ちょう》の役人などではない。今し方《がた》この門の下を通りかかった旅の者だ。だからお前に縄《なわ》をかけて、どうしようというようなことはない。ただ、今時分この門の上で、何をしていたのだか、それを己に話しさえすればいいのだ」

すると、老婆は、見開いていた眼を、一層大きくして、じっとその下人の顔を見守った。眶の赤くなった、肉食鳥のような、鋭《するど》い眼で見たのである。それから、皺《しわ》で、ほとんど、鼻と一つになった唇《くちびる》を、何か物でも噛《か》んでいるように動かした。細い喉《のど》で、尖《とが》った喉仏《のどぼとけ》の動いているのが見える。その時、その喉から、鴉《からす》の啼《な》くような声が、喘《あえ》ぎ喘ぎ、下人の耳へ伝わって来た。

「この髪を抜いてな、この髪を抜いてな、鬘《かずら》にしょうと思うたのじゃ」

下人《げにん》は、老婆《ろうば》の答《こたえ》が存外《ぞんがい》、平凡《へいぼん》なのに失望した。そうして失望すると同時に、また前の憎悪《ぞうお》が、冷やかな侮蔑《ぶべつ》と一しょに、心の中へはいって来た。すると、その気色《けしき》が、先方へも通じたのであろう。老婆は、片手に、まだ死骸《しがい》の頭から奪《うば》った長い抜《ぬ》け毛を持ったなり、蟇《ひき》のつぶやくような声で、口ごもりながら、こんなことを言った。

「なるほどな、死人《しびと》の髪《かみ》の毛を抜くということは、何ぼう悪いことかも知れぬ。じゃが、ここにいる死人どもは、皆《みな》、そのくらいなことを、されてもいい人間ばかりだぞよ。現在、わしが今、髪を抜いた女などはな、蛇《へび》を四寸ばかりずつに切って干したのを、干魚《ほしうお》だと言うて、太刀帯《たてわき》*の陣《じん》へ売りに往《い》んだわ。疫病《えやみ》にかかって死なんだら、今でも売りに往んでいたことであろ。それもよ、この女の売る干魚は、味がよいと言うて、太刀帯どもが、欠かさず菜料《さい》に買っていたそうな。わしは、この女のしたことが悪いとは思うていぬ。せねば、餓死《うえじに》をするのじゃて、仕方がなくしたことであろ。されば、今また、わしのしていたことも悪いこととは思わぬぞよ。これとてもやはりせねば、餓死をするじゃて、仕方がなくすることじゃわいの。じゃて、その仕方がないことを、よく知っていたこの女は、大方《おおかた》わしのすることも大目に見てくれるであろ」

老婆は、大体こんな意味のことを言った。

下人は、太刀《たち》を鞘《さや》におさめて、その太刀の柄《つか》を左の手でおさえながら、冷然として、この話を聞いていた。もちろん、右の手では、赤く頰《ほお》に膿《うみ》を持った大きな面皰《にきび》を気にしながら、聞いているのである。しかし、これを聞いているうちに、下人の心には、ある勇気が生まれて来た。それは、さっき門の下で、この男には欠けていた勇気である。そうして、またさっきこの門の上へ上って、この老婆を捕《とら》えた時の勇気とは、全然、反対な方向に動こうとする勇気である。下人は、餓死をするか盗人《ぬすびと》になるかに、迷《まよ》わなかったばかりではない。その時のこの男の心もちからいえば、餓死などということは、ほとんど、考えることさえできないほど、意識の外に追い出されていた。

「きっと、そうか」

老婆の話が完《おわ》ると、下人は嘲《あざけ》るような声で念を押した。そうして、一足前へ出ると、不意に右の手を面皰から離《はな》して、老婆の襟上《えりがみ》をつかみながら、噛《か》みつくようにこう言った。

「では、己《おれ》が引剝《ひはぎ》をしようと恨《うら》むまいな。己もそうしなければ、餓死をする体なのだ」

下人は、すばやく、老婆の着物を剝《は》ぎとった。それから、足にしがみつこうとする老婆を、手荒《あら》く死骸の上へ蹴倒《けたお》した。梯子《はしご》の口までは、わずかに五歩を数えるばかりである。下人《げにん》は、剝《は》ぎとった檜皮色《ひわだいろ》の着物をわきにかかえて、またたく間に急な梯子《はしご》を夜の底へかけ下りた。

暫《しばら》く、死んだように倒《たお》れていた老婆《ろうば》が、死骸《しがい》の中から、その裸《はだか》の体を起《おこ》したのは、それから間もなくのことである。老婆はつぶやくような、うめくような声を立てながら、まだ燃《も》えている火の光をたよりに、梯子の口まで、這《は》って行った。そうして、そこから、短い白髪《しらが》を倒《さかさま》にして、門の下を覗《のぞ》きこんだ。外には、ただ、黒洞々《こくとうとう》たる夜*があるばかりである。

下人の行方《ゆくえ》は、誰《だれ》も知らない。

（大正四年九月）

鼻

禅智内供《ぜんちないぐ》*の鼻といえば、池《いけ》の尾《お》*で知らない者はない。長さは五六寸あって上唇《うわくちびる》の上から顋《あご》の下まで下《さが》っている。形は元も先も同じように太い。いわば細長い腸詰《ちょうづ》めのような物が、ぶらりと顔のまん中からぶら下っているのである。

五十歳《さい》を越《こ》えた内供は、沙弥《しゃみ》の昔《むかし》から内道場供奉《ないどうじょうぐぶ》の職に陞《のぼ》った今日《こんにち》まで、内心では始終この鼻を苦に病《や》んで来た。もちろん表面では、今でもさほど気にならないような顔をしてすましている。これは専念《せんねん》に当来《とうらい》の浄土《じょうど》を渇《かつ》仰《ごう》すべき僧侶《そうりょ》の身で、鼻の心配をするのが悪いと思ったからばかりではない。それよりむしろ、自分で鼻を気にしているということを、人に知られるのが嫌《いや》だったからである。内供は日常の談話《だんわ》の中に、鼻という語が出てくるのを何よりも惧《おそ》れていた。

内供が鼻を持てあました理由は二つある。――一つは実際的に、鼻の長いのが不便だったからである。第一飯《めし》を食う時にも独りでは食えない。独りで食えば、鼻の先が鋺《かなまり》*の中の飯へとどいてしまう。そこで内供は弟子《でし》の一人を膳《ぜん》の向《む》うへ坐《すわ》らせて、飯を食う間《あいだ》じゅう、広さ一寸長さ二尺ばかりの板で、鼻を持上《もちあ》げていてもらうことにした。しかしこうして飯を食うということは、持上《もちあ》げている弟子《でし》にとっても、持上げられている内供《ないぐ》にとっても、決して容易なことではない。一度この弟子の代《かわ》りをした中童子《ちゅうどうじ》が、嚔《くさめ》をした拍子《ひょうし》に手がふるえて、鼻を粥《かゆ》の中へ落《おと》した話は、当時京都まで喧《けん》伝《でん》された。――けれどもこれは内供にとって、決して鼻を苦に病《や》んだ重《おも》な理由ではない。内供は実にこの鼻によって傷《きず》つけられる自尊心《じそんしん》のために苦しんだのである。

池《いけ》の尾《お》の町の者は、こういう鼻をしている禅智《ぜんち》内供のために、内供の俗《ぞく》でないことを仕合《しあわ》せだと言った。あの鼻では誰《だれ》も妻になる女があるまいと思ったからである。中にはまた、あの鼻だから出家《しゅつけ》したのだろうと批評する者さえあった。しかし内供は、自分が僧《そう》であるために、幾分《いくぶん》でもこの鼻に煩《わずら》わされることが少《すく》なくなったと思っていない。内供の自尊心は、妻帯《さいたい》というような結果的な事実に左右されるためには、あまりにデリケイトにできていたのである。そこで内供は、積極的にも消極的にも、この自尊心の毀損《きそん》を恢復《かいふく》しようと試みた。

第一に内供の考えたのは、この長い鼻を実際以上に短く見せる方法である。これは人のいない時に、鏡《かがみ》へ向《むか》って、いろいろな角度から顔を映《うつ》しながら、熱心に工夫《くふう》を凝《こ》らしてみた。どうかすると、顔の位置を換《か》えるだけでは、安心ができなくなって、頬杖《ほおづえ》をついたり頤《あご》の先へ指をあてがったりして、根気よく鏡を覗《のぞ》いてみることもあった。しかし自分でも満足するほど、鼻が短く見えたことは、これまでにただの一度もない。時によると、苦心すればするほど、かえって長く見えるような気さえした。内供は、こういう時には、鏡を筥《はこ》へしまいながら、今さらのようにため息をついて、不承不承《ふしょうぶしょう》にまた元の経机《きょうづくえ》へ、観音経《かんのんぎょう》をよみに帰るのである。

それからまた内供は、絶えず人の鼻を気にしていた。池の尾の寺は、僧供《ぐ》講説《こうせつ》などのしばしば行われる寺である。寺の内には、僧坊《そうぼう》が隙《すき》なく建て続いて、湯屋《ゆや》では寺の僧が日ごとに湯を沸《わ》かしている。従ってここへ出入《にゅう》する僧俗《そうぞく》の類《たぐい》もはなはだ多い。内供はこういう人々の顔を根気よく物色《ぶっしょく》した。一人でも自分のような鼻のある人間を見つけて、安心がしたかったからである。だから内供の眼《め》には、紺《こん》の水干《すいかん》も白の帷子《かたびら》もはいらない。まして柑子《こうじ》色《いろ》の帽子《ぼうし》や、椎鈍《しいにび》の法衣《ころも》なぞは、見慣れているだけに、あれどもなきがごとくである。内供は人を見ずに、ただ、鼻を見た。——しかし鍵《かぎ》鼻《ばな》はあっても、内供のような鼻は一つも見当《みあた》らない。その見当らないことがたび重なるに従って、内供の心は次第《しだい》にまた不快になった。内供が人と話しながら、思わずぶらりと下《さが》っている鼻の先をつまんでみて、年甲斐《としがい》もなく顔を赤めたのは、全くこの不快に動かされての所為《しょい》である。

最後に、内供は、内典外典《ないてんげてん》*の中に、自分と同じような鼻のある人物を見《み》出《いだ》して、せめても幾分の心やりにしようとさえ思ったことがある。けれども、目連《もくれん》*や、舎利弗《しゃりほつ》*の鼻が長かったとは、どの経文《きょうもん》にも書いてない。もちろん竜樹《りゅうじゅ》や馬鳴《めみょう》*も、人並の鼻を備えた菩薩《ぼさつ》である。内供《ないぐ》は、震旦《しんたん》の話のついでに蜀漢《しょくかん》の劉玄徳《りゅうげんとく》の耳が長かったということを聞いた時に、それが鼻だったら、どのくらい自分は心細くなくなるだろうと思った。

内供がこういう消極的な苦心をしながらも、一方ではまた、積極的に鼻の短くなる方法を試みたことは、わざわざここに言うまでもない。内供はこの方面でもほとんどできるだけのことをした。烏瓜《からすうり》を煎《せん》じて飲んでみたこともある。鼠《ねずみ》の尿《いばり》を鼻へなすってみたこともある。しかし何をどうしても、鼻は依然《いぜん》として、五六寸の長さをぶらりと唇《くちびる》の上にぶら下げているではないか。

ところがある年の秋、内供の用を兼《か》ねて、京へ上った弟子《でし》の僧《そう》が、知己《しるべ》の医者から長い鼻を短くする法を教わって来た。その医者というのは、もと震旦から渡《わた》って来た男で、当時は長楽寺《ちょうらくじ》*の供僧《ぐそう》になっていたのである。

内供は、いつものように、鼻などは気にかけないという風をして、わざとその法もすぐにやってみようとは言わずにいた。そうして一方では、気軽な口調《くちょう》で、食事のたびごとに、弟子の手数《てすう》をかけるのが、心苦しいというようなことを言った。内心ではもちろん弟子の僧が、自分を説《と》き伏《ふ》せて、この法を試みさせるのを待っていたのである。弟子の僧にも、内供のこの策略《さくりゃく》がわからないはずはない。しかしそれに対する反感よりは、内供のそういう策略をとる心もちの方が、より強くこの弟子の僧の同情を動かしたのであろう。弟子の僧は、内供の予期通り、口を極《きわ》めて、この法を試みることを勧《すす》め出した。そうして、内供自身もまた、その予期通り、結局この熱心な勧告《かんこく》に聴従《ちょうじゅう》することになった。

その法というのは、ただ、湯で鼻を茹《ゆ》でて、その鼻を人に踏《ふ》ませるという、極めて簡単《かんたん》なものであった。

湯は寺の湯屋《ゆや》で、毎日沸《わ》かしている。そこで弟子の僧は、指も入れられないような熱い湯を、すぐに提《ひさげ》に入れて、湯屋から汲《く》んで来た。しかしじかにこの提へ鼻を入れるとなると、湯気に吹《ふ》かれて顔を火傷《やけど》する惧《おそれ》がある。

そこで折敷《おしき》*へ穴をあけて、それを提の蓋《ふた》にして、その穴から鼻を湯の中へ入れることにした。鼻だけはこの熱い湯の中へ浸《ひた》しても、少しも熱くないのである。しばらくすると弟子の僧が言った。

——もう茹《ゆだ》った時分《じぶん》でござろう。

内供は苦笑《くしょう》した。これだけ聞いたのでは、誰《だれ》も鼻の話とは気がつかないだろうと思ったからである。鼻は熱湯《ねっとう》に蒸《む》されて、蚤《のみ》の食ったようにむず痒《がゆ》い。

弟子の僧は、内供が折敷の穴から鼻をぬくと、そのまだ湯気の立っている鼻を、両足に力を入れながら、踏みはじめた。内供は横になって、鼻を床板《ゆかいた》の上へのばしながら、弟子の僧の足が上下《うえした》に動くのを眼《め》の前に見ているのである。弟子の僧は、時々気の毒そうな顔をして、内供《ないぐ》の禿《は》げ頭を見《み》下《おろ》しながら、こんなことを言った。

——痛《いと》うはござらぬかな。医師は責めて踏《ふ》めと申したで。じゃが、痛うはござらぬかな。

内供は首を振《ふ》って、痛《いた》くないという意味を示そうとした。ところが鼻を踏まれているので思うように首が動かない。そこで、上眼《うわめ》を使って、弟子《でし》の僧《そう》の足に皹《あかぎれ》のきれているのを眺《なが》めながら、腹を立てたような声で、

——痛うはないて。

と答えた。実際鼻はむず痒《がゆ》い所を踏まれるので、痛いよりもかえって気もちのいいくらいだったのである。

しばらく踏んでいると、やがて、粟粒《あわつぶ》のようなものが、鼻へできはじめた。言わば毛をむしった小鳥をそっくり丸炙《まるやき》にしたような形である。弟子の僧はこれを見ると、足を止めて独り言のようにこう言った。

——これを鑷子《けぬき》でぬけと申すことでござった。

内供は、不足らしく頰《ほお》をふくらせて、黙《だま》って弟子の僧のするなりに任《まか》せておいた。もちろん弟子の僧の親切がわからない訳《わけ》ではない。それは分《わか》っても、自分の鼻をまるで物品《ぶっぴん》のように取扱《とりあつか》うのが、不愉快《ふゆかい》に思われたからである。内供は、信用しない医者の手術をうける患者《かんじや》のような顔をして、

不承不承《ふしようぶしよう》に弟子の僧が、鼻の毛穴から鑷子で脂《あぶら》をとるのを眺めていた。脂は、鳥の羽の茎《くき》のような形をして、四分《ぶ》ばかりの長さにぬけるのである。やがてこれが一通りすむと、弟子の僧は、ほっと一息ついたような顔をして、

——もう一度、これを茹《ゆ》でればようござる。

と言った。

内供はやはり、八の字をよせたまま不服らしい顔をして、弟子の僧の言うなりになっていた。

さて二度目に茹でた鼻を出してみると、なるほど、いつになく短くなっている。これではあたりまえの鍵鼻《かぎばな》と大した変《かわ》りはない。内供はその短くなった鼻を撫《な》でながら、弟子の僧の出してくれる鏡を、極《きま》りが悪《わ》るそうにおずおず覗《のぞ》いてみた。

鼻は——あの顋《あご》の下まで下《さが》っていた鼻は、ほとんどうそのように萎縮《いしゆく》して、今はわずかに上唇《うわくちびる》の上で意気地《いくじ》なく残喘《ざんぜん》を保っている。所々まだらに

赤くなっているのは、恐《おそ》らく踏まれた時の痕《あと》であろう。こうなれば、もう誰《だれ》も哂《わら》うものはないにちがいない。——鏡の中にある内供の顔は、鏡の外にある内供の顔を見て、満足そうに眼をしばたたいた。

しかし、その日はまだ一日、鼻がまた長くなりはしないかという不安があった。そこで内供は誦経《ずきよう》する時にも、食事をする時にも、暇《ひま》さえあれば手を出して、そっと鼻の先にさわってみた。が、鼻は行儀《ぎようぎ》よく唇《くちびる》の上に納まっているだけで、格別それより下へぶら下って来る景色もない。それから一晩寝《ね》てあくる日早く眼《め》がさめると内供《ないぐ》はまず、第一に、自分の鼻を撫《な》でてみた。鼻は依然《いぜん》として短い。内供はそこで、幾年《いくとし》にもなく、法華経《ほけきよう》書写の功を積んだ時のような、のびのびした気分になった。

ところが二三日たつうちに、内供は意外な事実を発見した。それは折から、用事があって、池《いけ》の尾《お》の寺を訪《おとず》れた侍《さむらい》が、前よりも一層おかしそうな顔をして、話もろくろくせずに、じろじろ内供の鼻ばかり眺《なが》めていたことである。それのみならず、かつて、内供の鼻を粥《かゆ》の中へ落《おと》したことのある中童子《ちゅうどうじ》なぞは、講堂の外で内供と行きちがった時に、始めは、下を向いておかしさをこらえていたが、とうとうこらえ兼《か》ねたとみえて、一度にふっと吹《ふ》き出してしまった。用を言いつかった下法師《しもほうし》たちが、面と向《むか》っている間だけは、慎《つつし》んで聞いていても、内供が後《うしろ》さえ向けば、すぐにくすくす笑い出したのは、一度や二度のことではない。

内供は始め、これを自分の顔がわりがしたせいだと解釈《かいしゃく》した。しかしどうもこの解釈だけでは十分に説明がつかないようである。——もちろん、中童子や下法師が哂《わら》う原因は、そこにあるのにちがいない。けれども同じ哂うにしても、鼻の長かった昔《むかし》とは、哂うのにどことなく容子《ようす》がちがう。見慣れた長い鼻より、見慣れない短い鼻の方が滑稽《こっけい》に見えるといえば、それまでである。が、そこにはまだ何かあるらしい。

——前にはあのようにつけつけとは哂わなんだて。

内供は、誦《ず》しかけた経文《きょうもん》をやめて、禿《は》げ頭を傾《かたむ》けながら、時々こう呟《つぶや》くことがあった。愛すべき内供は、そういう時になると、必ずぼんやり、傍《かたわ》らにかけた普賢《ふげん》の画像を眺めながら、鼻の長かった四五日前のことを憶《おも》い出して、「今はむげにいやしくなりさがれる人の、さかえたる昔をしのぶがごとく」ふさぎこんでしまうのである。――内供には、遺憾《いかん》ながらこの問に答《こたえ》を与《あた》える明が欠けていた。

――人間の心には互《たが》いに矛盾《むじゅん》した二つの感情がある。もちろん、誰《だれ》でも他人の不幸に同情しない者はない。ところがその人がその不幸を、どうにかして切りぬけることができると、今度はこっちで何となく物足りないような心もちがする。少し誇張《こちょう》して言えば、もう一度その人を、同じ不幸に陥《おとし》いれてみたいような気にさえなる。そうしていつの間にか、消極的ではあるが、ある敵意《てきい》をその人に対して抱《いだ》くようなことになる。――内供が、理由を知らないながらも、何となく不快に思ったのは、池の尾の僧俗《そうぞく》の態度に、この傍観者《ぼうかんしゃ》の利己《りこ》主義をそれとなく感づいたからにほかならない。

そこで内供は日ごとに機嫌《きげん》が悪くなった。二言目《ふたことめ》には、誰でも意地悪く叱《しか》りつける。しまいには鼻の療治《りょうじ》をしたあの弟子《でし》の僧《そう》でさえ、「内供《ないぐ》は法《ほう》慳貪《けんどん》*の罪《つみ》を受けられるぞ」と陰口《かげぐち》をきくほどになった。ことに内供を怒《おこ》らせたのは、例の悪戯《いたずら》な中童子《ちゅうどうじ》である。ある日、けたたましく犬の吠《ほ》える声がするので、内供が何気なく外へ出てみると、中童子は、二尺ばかりの木の片《きれ》をふりまわして、毛の長い、痩《や》せた尨犬《むくいぬ》を逐《お》いまわしている。それもただ、逐いまわしているのではない。「鼻を打たれまい。それ、鼻を打たれまい」と囃《はや》しながら、逐いまわしているのである。内供は、中童子の手からその木の片をひったくって、したたかその顔を打った。木の片は以前の鼻持《はなも》上《た》げの木だったのである。

内供はなまじいに、鼻の短くなったのが、かえって恨《うら》めしくなった。

するとある夜のことである。日が暮れてから急に風が出たとみえて、塔《とう》の風鐸《ふうたく》*の鳴る音が、うるさいほど枕《まくら》に通《かよ》って来た。その上、寒さもめっきり加わったので、老年の内供は寝《ね》つこうとしても寝つかれない。そこで床《とこ》の中でまじまじしていると、ふと鼻がいつになく、むず痒《がゆ》いのに気がついた。手をあててみると少し水気《すいき》が来たようにむくんでいる。どうやらそこだけ、熱さえもあるらしい。

――無理に短《みじこ》うしたで、病《やまい》が起《おこ》ったのかも知れぬ。

内供は、仏前に香花《こうげ》を供えるような恭《うやうや》しい手つきで鼻を抑《おさ》えながら、こう呟《つぶや》いた。

翌朝《よくあさ》、内供がいつものように早く眼《め》をさましてみると、寺内の銀杏《いちょう》や橡《とち》が一晩のうちに葉を落《おと》したので、庭は黄金《きん》を敷《し》いたように明るい。塔の屋根には霜《しも》が下りているせいであろう。まだうすい朝日に、九輪《くりん》がまばゆく光っている。禅智《ぜんち》内供は、蔀《しとみ》を上げた縁《えん》に立って、深く息をすいこんだ。

ほとんど、忘れようとしていたある感覚が、ふたたび内供に帰って来たのはこの時である。

内供は慌《あわ》てて鼻へ手をやった。手にさわるものは、昨夜《ゆうべ》の短い鼻ではない。上唇《うわくちびる》の上から顋《あご》の下まで、五六寸あまりもぶら下っている、昔《むかし》の長い鼻である。内供は鼻が一夜のうちに、また元の通り長くなったのを知った。そうしてそれと同時に、鼻が短くなった時と同じような、はればれした心もちが、どこからともなく帰って来るのを感じた。
――こうなれば、もう誰《だれ》も哂《わら》うものはないにちがいない。
内供は心の中でこう自分に囁《ささや》いた。長い鼻をあけ方《がた》の秋風にぶらつかせながら。

（大正五年一月）

注釈

『蜘蛛の糸』

五＊蜘蛛《くも》の糸《いと》　ドストエフスキイ「カラマゾフ兄弟」第七篇《へん》第三「一本の葱《ねぎ》」に取材。

『地獄変』

三＊地獄変《じごくへん》　勧善懲悪《かんぜんちょうあく》の材料として、地獄の恐《おそ》ろしい責苦の有様を描いた図。地獄変相図《へんそうず》の略。この作は「宇治拾遺物語《うじしゅうい》」巻三「絵仏師良秀《りょうしゅう》家の焼くるを見て悦《よろこ》ぶ事」および「古今著聞集《ここんちょもんじゅう》」巻十一「巨勢弘高《こせのひろたか》の地獄変の屏風《びょうぶ》を画く事」をつき合わせて材料としたもの。

一四＊煬帝《ようだい》　隋《ずい》の第二代皇帝。父を殺して位につく。

＊融《とおる》の左大臣《さだいじん》　源融《みなもとのとおる》。弘仁十三―寛平七年（八二二―八九五）。平安前期の朝臣。河原の左大臣とす。この部分は、「今昔物語」巻二十七、第二話による。

一五＊白馬《あおうま》　「白馬の節会《せちえ》」に由来し、宴のあと天皇から青毛の馬を贈《おく》られた。のち白馬を用いた。

＊長良《ながら》の橋《はし》　大阪市大淀区豊崎町付近にあった橋。

＊震旦《しんたん》　中国。

三＊横川《よかわ》　比叡山《ひえいざん》の三塔《とう》の一つ。

六＊川成《かわなり》　百済河成《くだらのかわなり》。平安時代初期の画家。

＊金岡《かなおか》　巨勢金岡《こせのかなおか》。平安時代初期の画家。巨勢派の祖。

三＊生受領《なまずりょう》　たいしたこともない国司。「生」は未熟なさま。

空＊檳榔毛《びろうげ》の車　牛車の一種。蒲葵（びろう）の葉を細かく裂《さ》いて車箱を貼《は》り覆《おお》ったもの。高位の貴族が用いた。

七三＊釵子《さいし》　朝廷で、婦人が正装する時、頭飾に用いた、銀製で二本を一組としたかんざしの類。
七七*金梨子地《きんなしじ》 蒔絵《まきえ》の一種。金の粉末を散らして、梨《なし》の皮の斑点《はんてん》のようにした上に、漆《うるし》を塗ってとぎ出したもの。

『羅生門』

八三*下人《げにん》 身分の低い者。
*羅生門《らしょうもん》 平安京《へいあんきょう》（京都）中央大通り朱雀大路《すざくおおじ》の南端にあった門。現在、東寺《とうじ》の西に羅城門趾《らじょうもんし》がある。
*蟋蟀《きりぎりす》 平安朝以降の古称で、蟋蟀《こおろぎ》のことをきりぎりすと呼んだ。「きり〴〵す」は芥川自身のルビ。
*市女笠《いちめがさ》 すげで編んだ漆塗《うるしぬ》りの中高の笠。もとは市で物を売る女がかぶったが、平安中期以後は上流婦人の外出用となった。
*揉烏帽子《もみえぼし》 三角形の、柔らかにもんで皺《しわ》がある烏帽子。
*旧記《きゅうき》 古い記録。素材となった「今昔《こんじゃく》物語」などをさすのであろう

が、この部分については「方丈記《ほうじょうき》」に出ている。

八四＊襖《あお》　あわせのこと。綿《わた》を入れたものもあった。

八五＊Sentimentalisme　サンチマンタリスム（仏）。感傷癖。感傷主義。

＊申《さる》の刻下《こくさが》り　午後四時過ぎ。

八六＊嚔《くさめ》　くしゃみ。

八七＊山吹《やまぶき》の汗衫《かざみ》　汗を吸い取るための黄色の単衣《ひとえ》。

＊聖柄《ひじりづか》　鮫皮《さめがわ》をつけず、木地《きじ》のままの刀剣《とうけん》の柄《つか》。

八九＊檜皮色《ひわだいろ》　赤紫の黒みがかった色。

＊頭身《とうしん》の毛も太る　ぞっとすること。「今昔物語」巻二十四第二十にある。

九一＊弩《いしゆみ》　古代中国で、ばねじかけで射たといわれる大弓。

九三＊検非違使《けびいし》　洛中《らくちゅう》の犯罪《はんざい》をとりしまり、秩序《ちつじょ》の維持《いじ》をつかさどった職。

九四＊髪《かみ》を抜《ぬ》いた女　この話は「今昔物語」巻二十九第十八と巻三十一第三十一にある。

＊太刀帯《たてわき》　「たちはき」とも。東宮坊警固《とうぐうぼうけいご》の武士《ぶし》。舎人《とねり》の中から武芸にすぐれた者三十名を選び、刀を持たせたもの。「陣《じん》」とはその詰所《つめしょ》。

九六＊黒洞々《こくとうとう》たる　奥深く暗い様子。ほら穴のように暗黒な。

『鼻』

九七＊禅智内供《ぜんちないぐ》　民部少輔行光《みんぶのしょうゆうゆきみつ》の子。内供は内供奉僧《ないぐぶそう》の略《りゃく》。広く高徳の僧《そう》十人を選び、宮中の内道場に奉仕《ほうし》させて天皇《てんのう》の健康などを祈《いの》る読経《どきょう》をさせた。作品の典拠は「今昔物語」巻二十八第二十。「宇治拾遺物《うじしゅうい》語」巻二第七にもある。

＊池《いけ》の尾《お》　京都府宇治《うじ》郡にある地名。

九八＊鋺《かなまり》　金属製のおわん。

一〇〇＊内典外典《ないてんげてん》　内典は仏教の教典。外典はそれ以外の一般書《いっぱんしょ》。

一〇一＊目連《もくれん》　釈迦《しゃか》の高弟子《でし》の一人。神通《じんつう》第一。

＊舎利弗《しゃりほつ》　釈迦の高弟子の一人。知恵第一。

＊馬鳴《めみよう》　竜樹《りゆうじゆ》と同じころの西インドの仏教《ぶつきよう》理論家。大乗《だいじよう》仏教の発展につとめた。

＊長楽寺《ちようらくじ》　京都市《きようとし》東山区円山《ひがしやまくまるやま》公園の上にある。

一〇三＊折敷《おしき》　四方に折りまわした縁《ふち》をつけたへぎ（杉《すぎ》や檜《ひのき》のごく薄《うす》い板）製の角盆《ぼん》。食器をのせる。

一〇八＊法慳貪《ほうけんどん》　法典に対して無慈悲《むじひ》なこと。法術を容易に他へ伝授《でんじゆ》しないこと。

一〇九＊風鐸《ふうたく》　塔《とう》などの軒《のき》の四隅《すみ》につり下げる小さい鐘《かね》。

本書は、平成元年四月に小社より刊行した『蜘蛛の糸・地獄変』および平成一九年六月に小社より刊行した『羅生門・鼻・芋粥』を底本に再編集したものです。

なお本文中には、気違い、辻冠者、乞食非人、生受領、卑しい身分、下人、唖のごとく黙るなど、今日の人権擁護の見地に照らして使うべきではない語句や、不適切な表現があります。しかしながら、作品全体を通じて差別を助長する意図はなく、執筆当時の時代背景や社会世相、また著者が故人であることを考慮の上、原文のままとしました。

（編集部）

100分間《ぶんかん》で楽《たの》しむ名作小説《めいさくしょうせつ》

蜘《く》蛛《も》の糸《いと》

芥川龍《あくたがわりゅう》之《の》介《すけ》

令和6年 3月25日　初版発行
令和6年 6月15日　再版発行

発行者●山下直久

発行●株式会社KADOKAWA
〒102-8177　東京都千代田区富士見2-13-3
電話　0570-002-301(ナビダイヤル)

角川文庫 24080

印刷所●株式会社暁印刷
製本所●本間製本株式会社

表紙画●和田三造

●お問い合わせ
https://www.kadokawa.co.jp/（「お問い合わせ」へお進みください）
※内容によっては、お答えできない場合があります。
※サポートは日本国内のみとさせていただきます。
※Japanese text only

Printed in Japan
ISBN 978-4-04-114811-2　C0193

◇◇◇

角川文庫発刊に際して

角川源義

第二次世界大戦の敗北は、軍事力の敗北であった以上に、私たちの若い文化力の敗退であった。私たちの文化が戦争に対して如何に無力であり、単なるあだ花に過ぎなかったかを、私たちは身を以て体験し痛感した。西洋近代文化の摂取にとって、明治以後八十年の歳月は決して短かすぎたとは言えない。にもかかわらず、近代文化の伝統を確立し、自由な批判と柔軟な良識に富む文化層として自らを形成することに私たちは失敗して来た。そしてこれは、各層への文化の普及滲透を任務とする出版人の責任でもあった。

一九四五年以来、私たちは再び振出しに戻り、第一歩から踏み出すことを余儀なくされた。これは大きな不幸ではあるが、反面、これまでの混沌・未熟・歪曲の中にあった我が国の文化に秩序と確たる基礎を齎らすためには絶好の機会でもある。角川書店は、このような祖国の文化的危機にあたり、微力をも顧みず再建の礎石たるべき抱負と決意とをもって出発したが、ここに創立以来の念願を果すべく角川文庫を発刊する。これまで刊行されたあらゆる全集叢書文庫類の長所と短所とを検討し、古今東西の不朽の典籍を、良心的編集のもとに、廉価に、そして書架にふさわしい美本として、多くのひとびとに提供しようとする。しかし私たちは徒らに百科全書的な知識のジレッタントを作ることを目的とせず、あくまで祖国の文化に秩序と再建への道を示し、この文庫を角川書店の栄ある事業として、今後永久に継続発展せしめ、学芸と教養との殿堂として大成せんことを期したい。多くの読書子の愛情ある忠言と支持とによって、この希望と抱負とを完遂せしめられんことを願う。

一九四九年五月三日

角川文庫ベストセラー

舞踏会・蜜柑
芥川龍之介

夜空に消える一閃の花火に人生を象徴させる「舞踏会」や、見知らぬ姉妹の情に安らぎを見出す「蜜柑」。表題作の他、「沼地」「竜」「疑惑」「魔術」など大正8年の作品計16編を収録。

藪の中・将軍
芥川龍之介

『今昔物語』を典拠に、真実の不確かさを巧みな構成で鮮やかに提示した「藪の中」、神格化された一将軍の虚飾を剝ぐ「将軍」等、様々なテーマやスタイルに挑戦した大正10年頃の円熟期の作品17篇を収録。

羅生門・鼻・芋粥
芥川龍之介

荒廃した平安京の羅生門で、死人の髪の毛を抜く老婆の姿に、下人は自分の生き延びる道を見つける。表題作「羅生門」をはじめ、初期の作品を中心に計18編。芥川文学の原点を示す、繊細で濃密な短編集。

河童・戯作三昧
芥川龍之介

芥川が自ら命を絶った年に発表され、痛烈な自虐と人間社会への風刺である「河童」、江戸の戯作者に自己を投影した「戯作三昧」の表題作他、「或日の大石内蔵之助」「開化の殺人」など著名作品計10編を収録。

杜子春
芥川龍之介

人間らしさを問う「杜子春」、梅毒に冒された15歳の南京の娼婦を描く「南京の基督」、姉妹と従兄の三角関係を叙情とともに描く「秋」他「黒衣聖母」「或敵打の話」などの作品計17編を収録。

角川文庫ベストセラー

晩年　太宰治

自殺を前提に遺書のつもりで名付けた、第一創作集。〝撰ばれてあることの　恍惚と不安と　二つわれにあり〟というヴェルレエヌのエピグラフで始まる「葉」、少年時代を感受性豊かに描いた「思い出」など15篇。

女生徒　太宰治

「幸福は一夜おくれて来る。幸福は――」多感な女子生徒の一日を描いた「女生徒」、情死した夫を引き取りに行く妻を描いた「おさん」など、女性の告白体小説の手法で書かれた14篇を収録。

斜陽　太宰治

没落貴族のかず子は、華麗に滅ぶべく道ならぬ恋に溺れていく。最後の貴婦人である母と、麻薬に溺れ破滅する弟・直治、無頼な生活を送る小説家・上原。戦後の混乱の中を生きる4人の滅びの美を描く。

人間失格　太宰治

無頼の生活に明け暮れた太宰自身の苦悩を描く内的自叙伝であり、太宰文学の代表作である「人間失格」と、家族の幸福を願いながら、自らの手で崩壊させる苦悩を描き、命日の由来にもなった「桜桃」を収録。

ヴィヨンの妻　太宰治

死の前日までに13回分で中絶した未完の絶筆である表題作をはじめ、結核療養所で過ごす20歳の青年の手紙に自己を仮託した「パンドラの匣」、「眉山」など著者が最後に光芒を放った五篇を収録。

角川文庫ベストセラー

津軽　太宰　治

昭和19年、風土記の執筆を依頼された太宰は3週間にわたって津軽地方を1周した。自己を見つめ、宿命の生地への思いを素直に綴り上げた紀行文であり、著者最高傑作とも言われる感動の1冊。

痴人の愛　谷崎潤一郎

日本人離れした家出娘ナオミに惚れ込んだ譲治。自分の手で一流の女にすべく同居させ、妻にするが、ナオミは男たちを誘惑し、堕落してゆく。ナオミの魔性から逃れられない譲治の、狂おしい愛の記録。

春琴抄　谷崎潤一郎

9つの時に失明した春琴は丁稚奉公の佐助と心を通わせていく。そんなある日、春琴が顔に熱湯を浴びせられ、やけどを負った。そのとき佐助は——。異常なまでの献身によって表現される、愛の倒錯の物語。

細雪（上）（中）（下）　谷崎潤一郎

大阪・船場の旧家、蒔岡家。四人姉妹の鶴子、幸子、雪子、妙子を主人公に上流社会に暮らす一家の日々が四季の移ろいとともに描かれる。著者・谷崎が第二次大戦下、自費出版してまで世に残したかった一大長編。

刺青・少年・秘密　谷崎潤一郎

腕ききの刺青師・清吉の心には、人知らぬ快楽と宿願が潜んでいた。ある日、憧れの肌を持ち合わせた娘と出会うと、彼は娘を麻睡剤で眠らせ、背に女郎蜘蛛を刺し込んでゆく——。「刺青」ほか全8篇の短編集。

角川文庫ベストセラー

スタープレイヤー　恒川光太郎

眼前に突然現れた男にくじを引かされ一等を当て、フルムメアが支配する異界へ飛ばされた夕月。10の願いを叶える力を手に未曾有の冒険の幕が今まさに開く――。ファンタジーの地図を塗り替える比類なき創世記！

ヘブンメイカー　恒川光太郎

〝10の願い〟を叶えられるスターボードを手に入れた者は、己の理想の世界を思い描き、なんでも自由に変えることができる。広大な異世界を駆け巡り、街を創り、砂漠を森に変え……新たな冒険がいま始まる！

異神千夜　恒川光太郎

数奇な運命により、日本人でありながら蒙古軍の間諜として博多に潜入した仁風。本隊の撤退により追われる身となった一行を、美しき巫女・鈴華が思いのままに操りはじめる。哀切に満ちたダークファンタジー。

無貌の神　恒川光太郎

万物を癒す神にまつわる表題作ほか、流罪人に青天狗の面を届けた男が耳にした後日談、死神に魅入られた少女による77人殺しの顚末など。デビュー作『夜市』を彷彿とさせるブラックファンタジー！

滅びの園　恒川光太郎

突如、地球上空に現れた〈未知なるもの〉。有害な不定形生物プーニーが地上を覆った。プーニー災害対策課に志願した少女・聖子は、滅びゆく世界の中、いくつもの出会いと別れを経て成長していく。

角川文庫ベストセラー

吾輩は猫である　夏目漱石

苦沙弥先生に飼われる一匹の猫「吾輩」が観察する人間模様。ユーモアや風刺を交え、猫に託して展開される人間社会への痛烈な批判で、漱石の名を高からしめた。今なお爽快な共感を呼ぶ漱石処女作にして代表作。

坊っちゃん　夏目漱石

単純明快な江戸っ子の「おれ」（坊っちゃん）は、物理学校を卒業後、四国の中学校教師として赴任する。一本気な性格から様々な事件を起こし、また巻き込まれるが。欺瞞に満ちた社会への清新な反骨精神を描く。

草枕・二百十日　夏目漱石

俗世間から逃れて美の世界を描こうとする青年画家が、山路を越えた温泉宿で美しい女を知り、胸中にその念願を成就する。「非人情」な低徊趣味を鮮明にした漱石の初期代表作『草枕』他、『二百十日』の2編。

虞美人草　夏目漱石

美しく聡明だが徳義心に欠ける藤尾は、亡父が決めた許嫁ではなく、銀時計を下賜された俊才・小野に心を寄せる。恩師の娘という許嫁がいながら藤尾に惹かれる小野……漱石文学の転換点となる初の悲劇作品。

三四郎　夏目漱石

大学進学のため熊本から上京した小川三四郎にとって、見るもの聞くもの驚きの連続だった。女心も分からず、思い通りにはいかない。青年の不安と孤独、将来への夢を、学問と恋愛の中に描いた前期三部作第1作。